The Ultimate Illustrated CHINESE Grammar Guide

看圖學中文語法

張黛琪／編著

圖解語法

加強練習

解決難題

結合日常生活用語
輕鬆掌握中文語法

國立臺灣師範大學國語教學中心 策劃
Mandarin Training Center National Taiwan Normal University

前言

　　本書匯集並整理基礎中文語法重點，為入門基礎級語法複習及教學輔助用書。針對準備參加華語文能力測驗考試（TOCFL）入門基礎級（Band A）以及想在課堂外複習基礎語法的學習者，提供有系統的練習重點與自我檢測方向。亦可用作教師在課堂教授語法時的參考輔助用書。

　　為使學習者不感枯燥且對語法學習產生興趣，本書以生動活潑的圖解方式呈現，各項練習設計與內容亦力求豐富、多元，以利參加 A 等能力測驗的學習者及自學者充分掌握並建構中文句式觀念。

　　書中各語法項目依學習進程循序編制，單元句型採累進式，儘量不使用後期語法點，有效降低學習者在學習語法時的焦慮。此外，編寫時亦結合功能主題及 Band A 測驗的一千個詞彙，讓學習者同時習得常用句型，進一步運用於日常生活中，以符合能力指標的描述：

TOCFL A 等華語文能力測驗能力說明（閱讀）

入門級：在有視覺協助及可重複閱讀的情況下，能掌握基本數字、詞彙及簡單的短語並能大致理解句子內容。

基礎級：能理解用日常生活詞彙或工作常用詞彙寫成的簡短文章。

　　各語法項目除圖片和典型例句，也標示結構重點，其後有各種練習題目，學習者可藉以檢測是否已習得、掌握該語法點。書末並設計三回模擬練習題，進一步強化語法的掌握和考前的信心。

　　敬祝 利用本書的學習者們都能掌握 A 等的中文語法點，並順利通過考試！

國立臺灣師範大學國語教學中心

張黛琪

Foreword

All basic grammar points were collected and included in *The Ultimate Illustrated Chinese Grammar Guide*, making it an excellent reference guide for entry and basic level students and their teachers. It is also ideal for individuals preparing for the TOCFL Band A and Chinese language learners who wish to study basic Chinese grammar on their own. It includes systematic exercises, drills, and self-evaluation tests. It can be used by teachers as a reference book when teaching Chinese.

This book is designed to be dynamic and engaging to make studying Chinese more interesting and to increase student motivation. The exercises and content are designed to make preparing for the TOCFL Band A easier and to give Chinese language learners a better overall understanding of Chinese grammar.

Grammar points are arranged according to level and difficulty. Sentence patterns are introduced gradually. More advanced grammar points do not appear in the text "before their time," making learning more enjoyable and less stressful. In addition, grammar points are integrated into topics that deal with daily life and that match with the TOCFL vocabulary found in Band A. Learners that practice the sentence patterns frequently will find it easy to apply them to their daily lives. The principles used in this book correspond to the language learning ability descriptors.

TOCFL Band A (Reading)

Level 1: With the help of visual aids, the Level 1 test taker is able to understand the most basic numerals, words or phrases, and the general meaning of simple sentences.

Level 2: The Level 2 test taker can understand very short, simple texts written in everyday or job-related vocabulary items.

In addition to illustrations and example sentences, each grammar point includes structure explanations and exercises. Learners can take the tests included in the book to determine whether they have absorbed the relevant grammar points. Three mock tests are included at the end of the book to help students get a better grasp of grammar points and build up confidence as they prepare for their test.

I wish you the best of luck as you prepare for the TOCFL Band A.

Tai-chi Chang
Mandarin Training Center
National Taiwan Normal University

本書特點與使用方法

1. 使用的詞彙

本書的語法說明及例句所用詞彙，均為華語文能力測驗 TOCFL 入門基礎級的範圍。讓學習者在練習語法的同時，也加強對 A 等一千詞的練習和複習。

2. 說明與練習

➢ 語法說明以生動的圖片結合例句方式呈現。每項說明之後，都有練習，以利學習者掌握句式表達的完整性。

➢ 利用小燈泡 `Tips` 區塊，歸納並提示重點結構，強化學習者觀念，避免混淆。

➢ 對結構可互相呼應但用法及功能不同的語法點則另行標註 `Search`，方便學習者前後參考、綜合比對。

➢ 利用小圖釘 做相關補充及提醒。

3. 模擬試題

本書設計華語文能力測驗（TOCFL）入門基礎級（Band A）模擬練習題共三回（各五十題閱讀測驗），讓學習者熟悉測驗方式，以確定學習成效。

4. 解答

單元練習及模擬試題皆有參考答案。

5. 詞彙表

附錄並附華語文能力測驗入門基礎級 1000 詞供學習者與教師參考。

Overview of Book and Users' Guide

1. Vocabulary

All grammar points and vocabulary correspond to the TOCFL Band A (Level 1 and Level 2). Students can practice and review the 1000 vocabulary words found in TOCFL Band A as they study the grammar points.

2. Explanations and Exercises

➢ Grammar points are presented with fun illustrations and come with drills and exercises, so students can learn to use sentence patterns to express themselves with precision.

➢ A light bulb icon **Tips** points out sentence structures which students are taught to use appropriately.

➢ Grammar points with the same structure but different functions and usages are listed in **Search** , so learners can compare and contrast them.

➢ The notes section gives supplementary learning points and usage reminder.

3. Mock Tests

Three TOCFL Band A mock tests are included at the end of the book, so learners can further evaluate their performance.

4. Answer Keys

Drills, exercises, and mock tests, come with answer keys.

5. Vocabulary List

A list of TOCFL Band A 1000 vocabulary words is included in the appendix section.

目錄　Contents

TOCFL 入門基礎級（**Band A**）模擬練習題

Appendix 附錄

一個人、兩隻狗

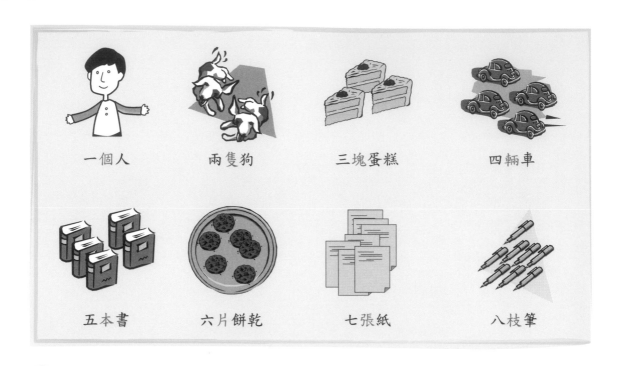

一個人　　兩隻狗　　三塊蛋糕　　四輛車

五本書　　六片餅乾　　七張紙　　八枝筆

 Tips

數字 (Nu.)＋量詞 (M.)		名詞 (N.)
一	個	人、孩子、哥哥、妹妹……
		東西、球、錢包、照相機、蘋果、餃子……
		地方、國家、城市、公園……
		問題、辦法、消息……

位：先生、小姐、客人
→　一位先生、兩位小姐……

一個麵包　　一片麵包　　一包餅乾　　一片餅乾

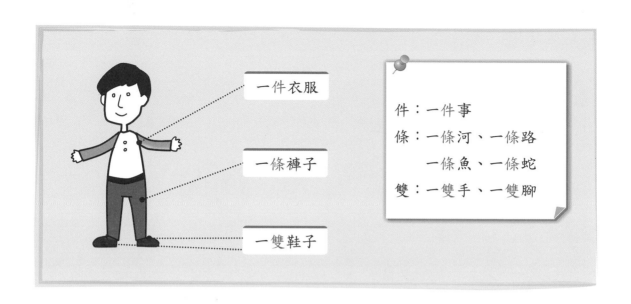

一件衣服

一條褲子

一雙鞋子

件：一件事
條：一條河、一條路
　　一條魚、一條蛇
雙：一雙手、一雙腳

練習 U1-1　　連連看：這些東西的量詞是什麼？

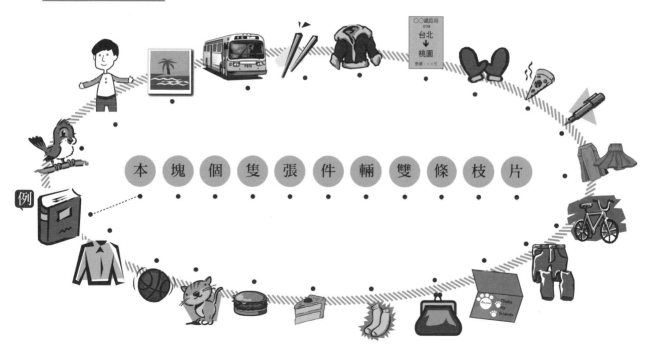

本　塊　個　隻　張　件　輛　雙　條　枝　片

這兩杯茶、那些杯子

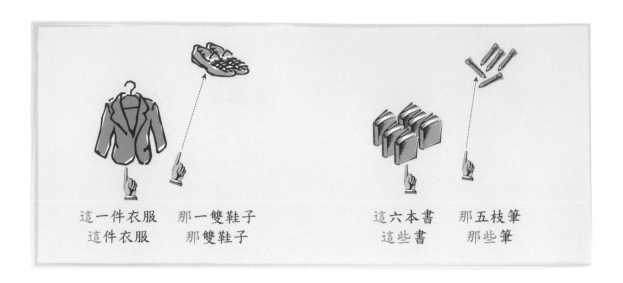

這一件衣服	那一雙鞋子	這六本書	那五枝筆
這件衣服	那雙鞋子	這些書	那些筆

▶ **練習 U2-1**　　**寫上「這、這些、那、那些」**

例　＿＿＿這＿＿＿本書。

＿＿＿那些＿＿＿花。

1. ＿＿＿＿＿＿雙襪子。

2. ＿＿＿＿＿＿筆。

3. ＿＿＿＿＿＿隻小狗。

4. ＿＿＿＿＿＿衣服。

5. ＿＿＿＿＿＿兩條長褲。

6. ＿＿＿＿＿＿個杯子。

7. ＿＿＿＿＿＿相片。

8. ＿＿＿＿＿＿兩片餅乾。

9. ＿＿＿＿＿＿件外套。

10. ＿＿＿＿＿＿帽子。

一個杯子　　兩杯啤酒　　　　　　　一個瓶子　　三瓶汽水

三個碗　　一碗飯　　　　　　兩個盤子　　一盤青菜

一杯水　　一瓶水　　　　　　五枝筆　　兩種筆

練習 U2-2　　**選選看：把答案寫在（　　）裡**

a. 一種筆　　　　　　**b.** 一個瓶子　　　　　　**c.** 一瓶酒

d. 三個人　　　　　　**e.** 五枝筆　　　　　　　**f.** 兩件衣服

g. 三個杯子　　　　　**h.** 六個水餃　　　　　　**i.** 一件襯衫、一件外套

j. 一盤水餃　　　　　**k.** 三種杯子　　　　　　**l.** 兩位先生、一位小姐

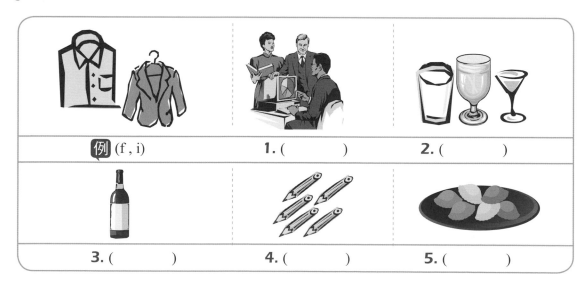

例 (f , i)	1. (　　　　)	2. (　　　　)
3. (　　　　)	4. (　　　　)	5. (　　　　)

Unit 3 我叫王秋華

- 她姓王，叫秋華。
- 她叫王秋華。
- 王秋華是台灣人，她是醫生。

- 他姓 White，叫 Kevin。
- 他叫 Kevin White。
- 他是 Kevin White。
- Kevin White 是英國人，他是警察。

練習 U3-1 寫上「姓、叫、是」

例 他__是__台灣人。

1. 他_____老師。　　2. 秋華_____王。　　3. 我_____李大明。

4. 她_____法國人。　　5. 他_____張先生。

- A：秋華姓王<u>嗎</u>？　　　B：<u>是</u>，她姓王。
- A：王小姐是老師<u>嗎</u>？　B：<u>不</u>(是)，她<u>不</u>是老師，她是醫生。

- 他姓 White。　A：他姓 White 嗎？　B：是，他姓 White。
- 他叫 Kevin。　A：他叫 Jack 嗎？　　B：不，他不叫 Jack。
- 他是英國人。　A：他是英國人 嗎？　B：是，他是英國人。
- 他是警察。　　A：他是老師 嗎？　　B：不，他不是老師。

 Tips

	姓 → 王	她 姓王， 不姓 李。
她	叫 → 秋華	王小姐 叫 秋華， 不叫 秋月。
	是 → 王秋華	她 是 王秋華， 不是 李美華。
	王小姐	她 是 王小姐， 不是 林太太。
	醫生	王秋華 是 醫生， 不是 老師。

練習 U3-2 完成對話

1.
妳好！

我_____Kevin White。

2.
你好！我_____王。

我_____王秋華。

3.
Kevin，你_____

美國人_____？

4.
_____，我_____美

國人。我是英國人。

5.
請問，

妳_____林老師_____？

6.
不，我_____王，

我_____林。

我_____醫生，

_____老師。

練習 U3-3 完成句子

例 他___叫／是___ Kevin White。

1. Kevin White_____英國人。

2. A：他_____警察_____？

B：_____，他_____警察。

3. A：他_____Mr. Black 嗎？

B：_____，他_____Mr. Black，他_____White。

Kevin White
英國人，警察

練習 U3-4　看回答完成問句

例　A：明宜 <u>是老師嗎</u> ？

　　B：是，<u>她</u>是老師，她是一位中文老師。

●錢明宜

●John Black 美國人

●李英愛 韓國人

1. A：John Black_____？

　　B：是的，他是美國人。

2. A：韓國小姐_____？

　　B：不，她不叫明宜，她叫英愛。

3. A：老師_____？

　　B：不，老師不姓王，她姓錢。

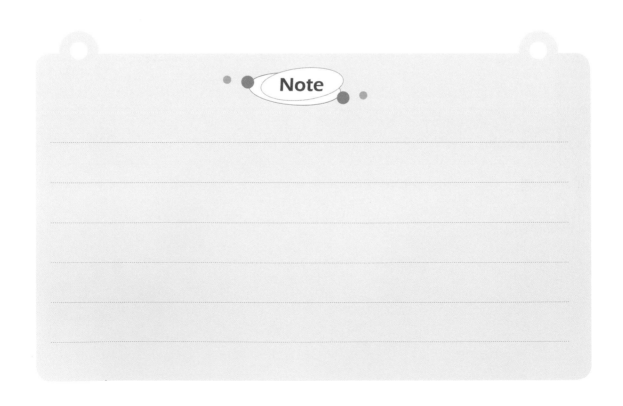

Note

他們是哪國人？

中山一成
日本人 日文老師
喜歡看書

謝心美
泰國人 學生
喜歡跳舞

Jason Smith
美國人 學生
喜歡打籃球

- A：中山一成是哪國人？　　B：他是日本人。
- A：謝心美從哪裡(哪兒)來？　B：她從泰國來。

練習 U4-1　　介紹別人

例　他姓 中山 ，叫 一成 ，他從 日本 來。
　　他是 日文老師 ，喜歡 看書 。

1.　請你介紹 Jason Smith

他姓＿＿＿＿＿＿＿＿，叫＿＿＿＿＿＿＿＿，他從＿＿＿＿＿＿＿＿來。

他是＿＿＿＿＿＿＿＿，喜歡＿＿＿＿＿＿＿＿。

- A：心美是不是泰國人？　　B：是，她是泰國人。
- A：她喜歡唱歌嗎？　　　　B：不，她喜歡跳舞。

練習 U4-2　看回答完成問句（一格寫一個字）

例　A：謝心美是 <u>哪</u> <u>國</u> <u>人</u>？　B：她是泰國人。

1. A：Jason Smith _____ _____ _____ _____？　B：他從美國來。

2. A：Jason Smith _____老師嗎？　B：不，他不是老師。

3. A：謝心美 _____ _____ _____學生？　B：是，她是學生。

4. A：中山一成 _____ _____ _____人？　B：他是日本人。

方文英 西班牙人　　　李天明 西班牙人　　　　王家樂 法國人
畫家 喜歡看書　　　學生 喜歡跳舞　　　　法文老師 喜歡旅行

・A：誰是法國人？　　　　B：王家樂。她是法國人，她從法國來。
・A：哪(一)位喜歡看書？　　B：方文英喜歡看書。
・A：哪兩個人是西班牙人？　B：方文英和李天明。他們兩個人是西班牙人。

練習 U4-3　寫上「誰、哪、嗎、是不是、ㄨ」

例　A：他是台灣人 <u>嗎</u>？

1. _____個人喜歡旅行？　　**2.** 妳是不是畫家_____？

3. _____從英國來？　　**4.** _____是西班牙人？

5. 他_____老師？　　**6.** 你喜歡跳舞_____？

Tips

～是不是～？ ～＋嗎？	• A：心美是不是泰國人？　　B：是，她是泰國人。 • A：一成是不是中文老師？　B：他不是中文老師，他是日文老師。 • A：Jason 是英國人嗎？　　B：不，他不是英國人。他是美國人。 • A：家樂教法文嗎？　　　　B：是，她教法文，她是一位法文老師。

練習 U4-4　　**先看回答，再寫問句**

● 中山一成　　　● 謝心美　　　● Jason Smith

● 方文英　　● 李天明　　　● 王家樂

例　A：這六個人，　 誰喜歡打籃球 　？　B：Jason 喜歡打籃球。

1. A：＿＿＿＿＿＿＿＿＿＿＿＿＿＿＿？　B：是，中山一成和王家樂是老師。

2. A：＿＿＿＿＿＿＿＿＿＿＿＿＿＿＿？　B：心美和天明喜歡跳舞。

3. A：＿＿＿＿＿＿＿＿＿＿＿＿＿＿＿？　B：文英是西班牙人。

4. A：＿＿＿＿＿＿＿＿＿＿＿＿＿＿＿？　B：家樂很喜歡旅行。

5. A：＿＿＿＿＿＿＿＿＿＿＿＿＿＿＿？　B：一成從日本來。

我家有七個人，你們家呢？

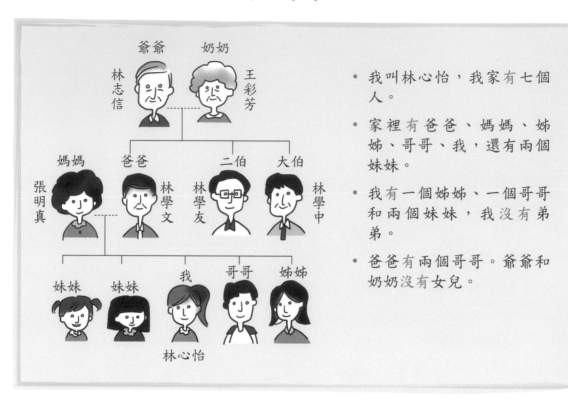

- 我叫林心怡，我家有七個人。
- 家裡有爸爸、媽媽、姊姊、哥哥、我，還有兩個妹妹。
- 我有一個姊姊、一個哥哥和兩個妹妹，我沒有弟弟。
- 爸爸有兩個哥哥。爺爺和奶奶沒有女兒。

練習 U5-1　　**介紹你的家人**

我叫＿＿＿＿＿＿，我家有＿＿＿＿＿＿個人。家裡有＿＿＿＿＿＿，

我有＿＿＿＿＿＿個哥哥／姊姊／弟弟／妹妹，我沒有＿＿＿＿＿＿。

練習 U5-2　　**看上面的圖，寫上「有」、「沒有」**

張明真　　林學文

例 林學文和張明真＿有＿五個孩子。

1. 他們＿＿＿＿＿＿一個兒子、四個女兒。

2. 林學文＿＿＿＿＿＿兩個哥哥，他＿＿＿＿＿＿姊姊。

• A：林心怡有哥哥嗎？　　B：有，她有哥哥，她有一個哥哥。
• A：林心怡有沒有姊姊？　　B：她有姊姊，她有一個姊姊。
• A：林心怡有沒有弟弟？　　B：沒有，她沒有弟弟。

● 林心怡

Tips

| ～有沒有～？
～是不是～？
～　嗎？ | 你家有沒有中文書？
這本書是不是中文書？
你家有中文書嗎？
這本書是中文書嗎？ | (有，) 我家有很多中文書。
(沒有，) 我家沒有中文書。
(不是，) 這本書不是中文書。
(是，) 這本書是中文書。 |

練習 U5-3　**完成對話**

例　林心怡_有_ 姊姊嗎？　→_有_，她_有一個_姊姊。

1. 林學中_____哥哥？　　→_____，他_____哥哥。

2. 王彩芳_____女兒嗎？　→_____，她_____女兒。

3. 林心怡_____妹妹嗎？　→_____，她_____妹妹。

4. 林志信_____兒子？　　→_____，他_____兒子。

5. 張明真_____女兒？　　→_____，她_____女兒。

• A：林心怡有姊姊，林學文呢？　　B：林學文沒有姊姊。
• A：林心怡有一個哥哥，林學文呢？　B：林學文有兩個哥哥。
• A：林心怡有兩個妹妹，林學文呢？　B：林學文沒有妹妹。

● 林心怡　● 林學文

練習 U5-4　　回答問題

例 家樂是法國人，心美呢？ <u>　她是泰國人　</u>。

1. 心美姓謝，一成呢？

_____。

2. 一成是老師，天明呢？

_____。

● 謝心美

● 中山一成

3. 一成從日本來，家樂呢？

_____。

4. 天明喜歡跳舞，家樂呢？

_____。

● 王家樂　喜歡旅行

● 李天明　學生

練習 U5-5　　看回答寫問句

例 林心怡<u>　有一個姊姊　</u>，林學友 呢 ？　　林學友沒有姊姊。

1. 明真和學文_____？　　彩芳和志信有三個孩子。

2. 林學中_____？　　林心怡沒有弟弟。

3. 心美_____？　　天明從西班牙來。

4. 天明_____？　　家樂姓王。

5. 家樂_____？　　一成喜歡看書。

這是我們全家人的相片

王秋華
(28歲)　王玉華
(22歲)　王文華
(24歲)　王偉華
(30歲)

王大同
(爸爸)　王定一
(爺爺)　林文娟
(奶奶)　陳美芳
(媽媽)

我是王文華。
這是我(的)姊姊王秋華，
那是我們家的小狗，
小狗的名字叫安安。

我家有八個人。 這是我們全家人的相片。

• 我爸爸的爸爸是我爺爺，我爸爸的媽媽是我奶奶，
我是他們的孫子。

• 王玉華是王秋華的妹妹。

• 王偉華和王文華是王玉華的哥哥。

我的爸爸
→ 我爸爸
我的爺爺
→ 我爺爺
我的奶奶
→ 我奶奶

29

練習 **U6-1**　　他們是什麼關係？

例　王大同 / 陳美芳 → 王大同 <u>是陳美芳的先生</u> ；陳美芳 <u>是王大同的太太</u> 。

1. 王秋華 / 王文華 → 王秋華＿＿＿＿＿＿＿＿＿；王文華＿＿＿＿＿＿＿＿＿。

2. 林文娟 / 王大同 → 林文娟＿＿＿＿＿＿＿＿＿；王大同＿＿＿＿＿＿＿＿＿。

3. 王偉華 / 王玉華 → 王偉華＿＿＿＿＿＿＿＿＿；王玉華＿＿＿＿＿＿＿＿＿。

4. 王定一 / 王秋華 → 王定一＿＿＿＿＿＿＿＿＿；王秋華＿＿＿＿＿＿＿＿＿。

Tips

我 (N)	(的)	家、爸爸、媽媽、哥哥、妹妹、朋友……
	的	狗、貓、名字、地址、電話號碼……
		東西、相片、筆、車子、房子……
		習慣、經驗、感覺……

- 這是我的咖啡
  這杯咖啡是我的
- 那是弟弟的蛋糕
  那塊蛋糕是弟弟的

- 這些是媽媽的書
  這些書是媽媽的
- 那些是妹妹的筆
  那些筆是妹妹的

練習 U6-2　**看圖寫句子**

例　眼鏡　　　A：<u>這個眼鏡是誰的</u>？　B：<u>那個眼鏡是爺爺的</u>。
　　　　　　　A：<u>這是誰的眼鏡</u>？　　B：<u>那是爺爺的眼鏡</u>。

1. 襯衫　　　A：＿＿＿＿＿＿＿？　B：＿＿＿＿＿＿＿。

　(M：件)　A：＿＿＿＿＿＿＿？　B：＿＿＿＿＿＿＿。

2. 杯子　　　A：＿＿＿＿＿＿＿？　B：＿＿＿＿＿＿＿。

　(M：個)　A：＿＿＿＿＿＿＿？　B：＿＿＿＿＿＿＿。

3. 書　　　　A：＿＿＿＿＿＿＿？　B：＿＿＿＿＿＿＿。

　(M：本)　A：＿＿＿＿＿＿＿？　B：＿＿＿＿＿＿＿。

4. 信　　　　A：＿＿＿＿＿＿＿？　B：＿＿＿＿＿＿＿。

　(M：封)　A：＿＿＿＿＿＿＿？　B：＿＿＿＿＿＿＿。

5. 筆　　　　A：＿＿＿＿＿＿＿？　B：＿＿＿＿＿＿＿。

　(M：枝)　A：＿＿＿＿＿＿＿？　B：＿＿＿＿＿＿＿。

一杯咖啡多少錢？

幾塊錢？　七塊錢　　　多少錢？　五十三塊錢　　　多少錢？　三百塊錢

Tips

X ≦ 10：幾 + M + N	你家有 幾 個人？	我家有 五 個人。
X > 10：多少(+M)+ N	你有 多少 朋友？	我有 很多 朋友。

練習 U7-1　　用「幾、多少」問問題

例　**NT$25** 　麵包，<u>多少錢</u>？　　　　　<u>幾 個</u> 麵包？

NT$ 8 　**1.** 香蕉，_____？　　 **2.**_____香蕉？

(M: 根)

NT$ 150 　**3.** 筆，_____？　　 **4.**_____筆 ？

- A：一杯咖啡多少錢？
  B：一杯咖啡五十塊錢。
- A：咖啡，多少錢一杯？
  B：咖啡，五十(塊)一杯。

- A：咖啡，一杯多少錢？
  B：咖啡，一杯五十塊(錢)。

五十<u>塊錢</u> = 五十<u>塊</u> = 五十<u>元</u>

十	億	千	百	十	萬	千	百	十	(個)	
					6	9	3	1	8	六萬九千三百一十八
				7	2	3	7	2	5	七十二萬三千七百二十五
			1	5	2	6	8	9	3	一百五十二萬六千八百九十三
		3	7	2	1	5	7	8	6	三千七百二十一萬五千七百八十六
	5	4	3	9	6	6	1	3	1	五億四千三百九十六萬六千一百三十一

練習 U7-2 回答問題

例
NT$65

一個漢堡多少錢？ → <u>一個漢堡六十五塊(錢)</u>。

漢堡，一個多少錢？ → <u>漢堡，一個六十五塊(錢)</u>。

1.

NT$ 5

A：筆，幾塊錢一枝？

B：＿＿＿＿＿＿＿＿＿＿＿＿ 。

2.

NT$ 685,499

A：這輛車多少錢？

B：＿＿＿＿＿＿＿＿＿＿＿ 元。

3.

NT$ 875

A：外套，一件多少錢？

B：＿＿＿＿＿＿＿＿＿＿＿＿ 。

4.

NT$ 15,000

NT$ 3,000

A：那種錶多少錢？

B：＿＿＿＿＿＿＿＿＿＿＿＿ 。

百	十	萬	千	百	十			百	十	萬	千	百	十	
			2	0	0	兩百					2	2	0	兩百二十 → 兩百二
			3,	0	0	0	三千				3,	2	0	0	三千兩百 → 三千二
		2	0,	0	0	0	兩萬			7	6,	0	0	0	七萬六千 → 七萬六
	6	2	0,	0	0	0	六十二萬		4	5	8,	3	0	0	四十五萬八千三(百)
1,	0	0	0,	0	0	0	一百萬	5,	2	1	9,	0	0	0	五百二十一萬九(千)

練習 U7-3　　**這是多少？**

例　**79,000** → ___七萬九(千)___ ；三百二 → ___**320**___

1. 5,700　　　　　　　→ _____

2. 672,000　　　　　　→ _____

3. 7,250,000　　　　　→ _____

4. 198,426,300　　　　→ _____

5. 3,140,000　　　　　→ _____

6. 三千八百六十萬　　→ _____

7. 十二萬七　　　　　→ _____

8. 兩百一　　　　　　→ _____

9. 一億五千萬　　　　→ _____

10. 四千五百九　　　　→ _____

Note

這輛車七十多萬

NT$ 105

NT$ 150

NT$ 700,900

- 這本書一百五十元
- 這本書一百五

- 那本書一百零五塊錢
- 那本書一百零五(塊)

- 這輛車七十萬零九百元
- 這輛車七十萬零九百(元)

十	億	千	百	十	萬	千	百	十	(個)	
						9	0	6	0	九千零六十
						5	0	0	8	五千零八
				2	0	0	0	0	7	二十萬零七
		7	3	0	0	0	4	0	0	七千三百萬零四百
	1	0	0	0	5	0	0	0	0	一億零五萬

練習 U8-1　這是多少？

例　702 → ＿七百零二＿ ；九十一萬零五百 → ＿**910,500**＿

1. 3,060 → ＿＿＿＿＿＿

2. 663,401 → ＿＿＿＿＿＿

3. 21,005 → ＿＿＿＿＿＿

4. 18,907,000 → ＿＿＿＿＿＿

5. 5,000,900 → ＿＿＿＿＿＿

6. 兩百零一萬 → ＿＿＿＿＿＿

7. 十萬六千零五十 → ＿＿＿＿＿＿

8. 四千零三 → ＿＿＿＿＿＿

9. 五萬八 → ＿＿＿＿＿＿

10. 七十萬零九百 → ＿＿＿＿＿＿

NT$ 360,000	NT$ 21,500	NT$ 1,269
這輛車三十六萬。	這種手機兩萬一千五。	這雙鞋一千兩百六十九塊錢。
NT$ 360,000	NT$ 21,500	NT$ 1,269
這輛車 三十幾萬。	這種手機 兩萬多元。	這雙鞋 一千多元。

Tips

| 多／幾 | 15 → 十多 ／ 十幾
 360,000 → 三十多萬 ／ 三十幾萬 | 1,269 → 一千兩百多
 21,500 → 兩萬多 |

練習 U8-2　**看看畫線的地方，再用「多」寫數字**

例　1,360 → 一千三百多 ；1,360 → 一千多

1. 56,420 → _____
2. 487,300 → _____
3. 255 → _____
4. 1,971,600 → _____
5. 3,875 → _____
6. 621,300 → _____

練習 U8-3　**圈出對的**

例　三千兩百多 → 3320 / ⟨3230⟩ ；三千多 → ⟨3320⟩ / ⟨3230⟩

1. 一百六十幾 → 106 ／ 167
2. 兩萬多 → 21450 ／ 25100
3. 六十四萬多 → 604520 ／ 641000
4. 七萬八千多 → 78189 ／ 77810
5. 七十幾萬 → 700000 ／ 779300
6. 五萬六千多 → 56090 ／ 56810

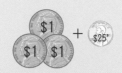 

兩瓶多(的可樂)　　　　三塊多(的錢)　　　　一斤多(的蘋果)

一斤＝600g
一公斤＝1000g

Tips

10 杯＜ χ ＜11 杯：χ ➡ 十杯多

10 杯＜ χ ＜20 杯：χ ➡ 十多杯／十幾杯

練習 U8-4　**看看圖，再用「多」形容**

例   <u>四杯多的</u> 紅茶

1.

＿＿＿＿＿＿＿飯

2.

＿＿＿＿＿＿＿紅酒

3.

＿＿＿＿＿＿＿錢

4.

＿＿＿＿＿＿＿果汁

5.

3220g

＿＿＿＿＿＿＿西瓜

6.

＿＿＿＿＿＿＿湯

我們都喜歡打籃球

小芳　小美
學生　學生

張文中　李天明
學生　學生

• 小芳想吃包子，小美也想吃包子。
　→ 她們兩個人都想吃包子。

• 文中喜歡打籃球，天明也喜歡打籃球。
　→ 他們都喜歡打籃球。

• 小芳想買裙子，小美也想買裙子。
　→ 她們都想買裙子。

• 張文中很高，李天明也很高。
　→ 他們兩個都很高。

➡ 他們(四個人)都是學生。 他們都不胖。

練習 U9-1　用「也」寫句子

林友成
英國人

林漢思
英國人

例　友成不矮，　→ ___漢思也不矮___ 。

1. 漢思是英國人，　→ _____ 。

2. 友成有手機，　→ _____ 。

3. 漢思沒穿外套，　→ _____ 。

4. 漢思很高，　→ _____ 。

5. 友成姓林，　→ _____ 。

6. 友成穿白襯衫，　→ _____ 。

練習 U9-2 用「都」寫句子

例 我喜歡游泳，我妹妹也喜歡游泳。 → _____我們都喜歡游泳_____。

1. 文中不想吃餅乾，天明也不想吃餅乾。 → _____。

2. 小芳沒有車，我也沒有車。 → _____。

3. 我爸爸是英文老師，我媽媽是中文老師。 → _____。

4. 我同學不覺得冷，我也不覺得冷。 → _____。

5. 小美有兩個哥哥，小芳有一個哥哥。 → _____。

蘋果汁　　西瓜汁

- 這些飲料都不是可樂。
- 這六杯都是果汁。
- 這些果汁不都是蘋果汁。

法國人　　法國人　　德國人　　法國人

- 這四個人不都是女孩子。
- 他們不都是法國人。

練習 U9-3　用「不都」寫句子

例 　這五杯飲料＿＿不都是咖啡＿＿。

1.

這袋水果＿＿＿＿＿＿＿＿＿＿。

2.

這些＿＿＿＿＿＿＿＿＿＿。

3.

・A：這四個人都懂中文嗎？

　B：他們＿＿＿＿＿＿＿＿＿＿。

4.

・A：這二個人都戴眼鏡嗎？

　B：這三個人＿＿＿＿＿＿＿＿＿。

Note

你想吃什麼？

- A：這是什麼？
  B：這是熱狗。

- A：那是什麼？
  B：那是照相機。

- A：這是什麼蛋糕？
  B：這是水果蛋糕。

- A：你想吃什麼？
  B：我想吃麵包。

- A：你要買什麼？
  B：我要買手套。

- A：你想喝什麼茶？
  B：我想喝綠茶。

練習 U 10-1　看看回答畫線的地方，用「什麼」寫問句

例　A：＿＿你要買什麼＿＿？　　B：我要買中文書。

　　A：＿＿你要買什麼書＿＿？　　B：我要買中文書。

1. A：＿＿＿＿＿＿＿＿？　　B：那是英文報紙。

2. A：＿＿＿＿＿＿＿＿？　　B：我喜歡吃牛肉麵。

3. A：＿＿＿＿＿＿＿＿？　　B：他打算畫他家的小貓。

4. A：＿＿＿＿＿＿＿＿？　　B：我想唱一個很簡單的中文歌。

5. A：＿＿＿＿＿＿＿＿？　　B：這些是學校畢業舞會的照片。

> 他們想吃什麼？

天明<u>什麼</u>都想吃。　文中<u>什麼</u>都不想吃。／文中<u>什麼</u>也不想吃。

Tips

什麼 誰 哪	都	他喜歡吃<u>西瓜</u>、<u>香蕉</u>……。 ➡ 他<u>什麼</u>水果都喜歡吃。
		他很有名，<u>大家</u>都認識他。 ➡ <u>誰</u>都認識他。
		<u>這裡</u>有中國餐廳，<u>那裡</u>有中國餐廳。 ➡ <u>哪裡</u>都有中國餐廳。
	都／也 ＋ 不／沒	我沒買<u>東西</u>。 ➡ 我<u>什麼</u>也沒買。
		<u>沒有人</u>喜歡考試。 ➡ <u>誰</u>都不喜歡考試。
		<u>這幾輛車</u>不貴，<u>那幾輛車</u>也不貴。 ➡ <u>哪輛車</u>都不貴。

練習 U 10-2　用「什麼、誰、哪……」寫句子

例 他不想買外套，也不想買襯衫。　　→　<u>他什麼衣服也不想買</u>。

1. 這裡有銀行，那裡也有銀行。　　　→ _____。

2. 小華懂很多語言，也懂電腦、車……。　→ _____。

3. 每個人都喜歡漂亮的東西。　　　　→ _____。

4. 這家花店沒開，那家花店也沒開。　→ _____。

5. 他愛吃巧克力蛋糕、水果蛋糕……。　→ _____。

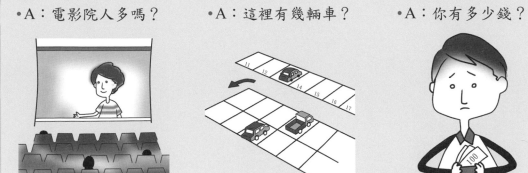

•A：電影院人多嗎？　•A：這裡有幾輛車？　•A：你有多少錢？

B：電影院<u>沒(有)</u>什麼人。　B：這裡<u>沒</u>幾輛(車)。　B：<u>我沒多少錢</u>。

練習 U 10-3　　用（　　）裡的詞回答問題

例 你有沒有錢？　　　(什麼)　→ ＿＿＿＿我沒什麼錢＿＿＿＿。

1. 他有很多外國朋友嗎？ (多少)　→ ＿＿＿＿＿＿＿＿＿＿＿＿＿。

2. 教室裡有幾個學生？　　(幾)　→ ＿＿＿＿＿＿＿＿＿＿＿＿＿。

3. 現在外面車多不多？　　(什麼)　→ ＿＿＿＿＿＿＿＿＿＿＿＿＿。

4. 那裡有很多商店嗎？　　(幾)　→ ＿＿＿＿＿＿＿＿＿＿＿＿＿。

5. 這種手機多少錢？　　　(多少)　→ ＿＿＿＿＿＿＿＿＿＿＿＿＿。

百貨公司在車站旁邊

他在什麼地方？
他在圖書館。

他們在哪裡？
他們在餐廳。

他在家(裡)。他在辦公室。

偉華在車子
(的)前面。　文華在車子
　　　　　(的)後面。

蛋在
盒子裡。

蛋在盒子
外面。

小汽車在桌子上面
(在桌上)。

小汽車在桌子下面。

銀行在超級市場對面。
超級市場在銀行對面。

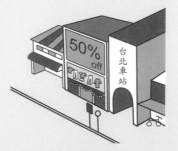

百貨公司在車站旁邊。
車站在百貨公司旁邊。

湯匙在筷子和叉子
(的)中間。

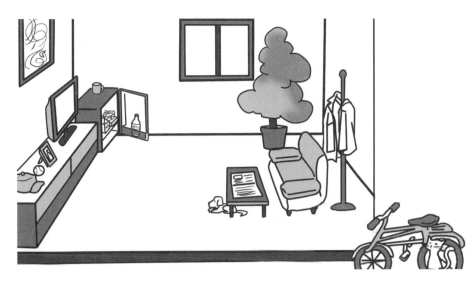

▶ 練習 U11-1　　**看上面的圖完成句子**

例　杯子在冰箱＿上面＿。

1. 樹在窗戶的＿＿＿＿＿＿＿＿＿＿＿。　　**2.** 小狗在桌子＿＿＿＿＿＿＿＿＿＿＿。

3. 牛奶在冰箱＿＿＿＿＿＿＿＿＿＿＿。　　**4.** 冰箱在電視＿＿＿＿＿＿＿＿＿＿＿。

5. 衣服在沙發＿＿＿＿＿＿＿＿＿＿＿。　　**6.** 腳踏車在房子＿＿＿＿＿＿＿＿＿＿＿。

▶ 練習 U11-2　　**這些東西在哪裡？**

例　電視 / 畫：　　＿＿＿電視在畫(的)下面＿＿＿。

1. 蛋糕 / 冰箱：＿＿＿＿＿＿＿＿＿＿＿＿＿＿＿＿＿。

2. 桌子 / 沙發：＿＿＿＿＿＿＿＿＿＿＿＿＿＿＿＿＿。

3. 報紙 / 桌子：＿＿＿＿＿＿＿＿＿＿＿＿＿＿＿＿＿。

4. 小貓 / 腳踏車：＿＿＿＿＿＿＿＿＿＿＿＿＿＿＿＿＿。

5. 沙發 / 電視：＿＿＿＿＿＿＿＿＿＿＿＿＿＿＿＿＿。

6. 棒球 / 帽子、照片：＿＿＿＿＿＿＿＿＿＿＿＿＿＿＿＿＿。

冰箱上有一個杯子

- (在)冰箱裡(面)有牛奶、蛋和一些青菜。
- (在)冰箱上面有一個杯子。
- (在)冰箱上面的那個杯子是爸爸的。

- 教室裡有三個人。
- 小明的左邊是小芳。
- 小明的右邊是小文。

Search
那是誰的 → U6

練習 U 12-1　　**圈出對的**

秋華　　　　　文華

例 這條街上 有／是 不少商店。

1. 在電影院左邊的(店) 有／是 麵包店。　　**2.** 在電影院門口 有／是 很多人。

3. 在文華的前面 有／是 兩個人。　　**4.** 在書店外面的那個人 有／是 秋華。

5. 在麵包店附近 有／是 一家藥房。

- 台灣的四邊都是海。
- 台灣有很多山。
- 玉山在台灣中部。

- 美國有很多大城市。紐約在美國東部，
- 洛杉磯在西部。
- 加拿大在美國北邊。
- 在美國南邊的國家是墨西哥。

練習 U 12-2 　**看短文回答問題**

　　在這條街上有書店、花店、電影院、餐廳、超級市場和百貨公司。

　　花店的對面是餐廳，花店的左邊有一棵很大的樹。

　　超級市場在電影院和餐廳的中間。

　　百貨公司在書店的右邊。

請問：上面地圖裡的 1～6 是什麼地方？

1. _____　　2. _____　　3. _____

4. _____　　5. _____　　6. _____

7. 書店在超級市場的_____。

8. 花店在書店的_____。

9. 電影院的對面是_____。

10. 餐廳的旁邊是_____。

他們在圖書館看書

- A：他們在哪裡？
  B：他們在圖書館。

- A：他們在圖書館做什麼？
  B：他們在圖書館看書、寫功課。

- A：小明在餐廳做什麼？
  B：他在餐廳上班。

- A：那兩位先生呢？
  B：他們在餐廳吃飯。

小明

練習 U13-1 他／他們在哪裡、做什麼？

地方：花店／公園／客廳／海邊／動物園前面／電影院門口
動作：跑步／游泳／等人／照相／工作／看電視

例

他們 **在海邊游泳** 。

1.

一成＿＿＿＿＿＿。

2.

心怡＿＿＿＿＿＿。

3.

他們＿＿＿＿＿＿。

4.

他＿＿＿＿＿＿。

5.

他們＿＿＿＿＿＿。

- 我住在二樓。　　　　• 小文坐在教室後面。　　　• 小貓躺在弟弟(的)腳上。

練習 U13-2　　**看看圖，再用給你的詞寫句子**

例　躺 / 床

→ 小美＿＿＿躺在床上＿＿＿。

1.

站 / 沙發

→ 他＿＿＿＿＿＿＿＿＿。

2.

睡 / 窗戶

→ 小狗＿＿＿＿＿＿＿＿＿。

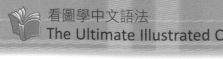

3.

住 / 我家

→ 心美＿＿＿＿＿＿＿＿＿＿。

4.

坐 / 天明，文英

→ 家樂＿＿＿＿＿＿＿＿＿

＿＿＿＿＿＿＿＿＿＿。

5.

停 / 狗屋

→ 小鳥＿＿＿＿＿＿＿＿＿。

6.

走 / 我

→ 他＿＿＿＿＿＿＿＿＿＿。

練習 U13-3　　**重組：寫出對的句子**

例 放 / 杯子 / 上 / 在 / 桌子　　　→＿＿＿＿杯子放在桌子上＿＿＿＿。

1. 在 / 停 / 前面 / 我的車 / 他家　　→＿＿＿＿＿＿＿＿＿＿＿＿＿＿。

2. 裡面 / 放 / 飲料 / 冰箱 / 在　　　→＿＿＿＿＿＿＿＿＿＿＿＿＿＿。

3. 看書 / 他 / 在 / 床上 / 躺　　　→＿＿＿＿＿＿＿＿＿＿＿＿＿＿。

4. 樹下 / 坐 / 吃麵包 / 在 / 我們　→＿＿＿＿＿＿＿＿＿＿＿＿＿＿。

5. 門口 / 在 / 站 / 一些人 / 教室 / 聊天　→＿＿＿＿＿＿＿＿＿＿＿＿。

他到學校去上課

- 她去學校。　她到學校去。
  (說話的人<u>不在學校</u>)

- 他來台灣。　他到台灣來。
  (說話的人<u>在台灣</u>)

- 她去上課。
  她去學校上課。
  她到學校去上課。

- 他來台灣念書嗎？
  不，他來旅行。
  不，他到台灣來旅行。

- 她從日本到馬來西亞。

- 他從公司去電影院嗎？
  不，他從家裡去。

- 他從馬來西亞到台灣來學<u>中文</u>。

Search
從……來 → U4

練習 U14-1 用「在、到、從、來、去」完成對話

例 台生：我打算__到__北京__去__旅行。

1. 書偉：歡迎你_____北京_____玩。

2. 台生：我想_____參觀北京有名的博物館。

3. 書偉：_____北京，好玩的地方很多。你住我家，

_____我家_____這些地方_____很方便。

4. 台生：太好了！要是你_____台中_____玩，

我一定請你_____吃最好吃的台灣菜。

5. 書偉：哈哈！對了，你_____台中出發嗎？

6. 台生：不，我_____台北_____。

王台生
（台中）

林書偉
（北京）

• 他走<u>到</u>這裡(來)。　　　• 他跑<u>到</u>那裡(去)。

練習 U 14-2　　**用給你的詞寫句子**

例 游 / 草後面 → 小魚　游到草(的)後面　。

1.

跑 / 洗手間

→ 小明＿＿＿＿＿＿＿＿＿＿＿＿。

2.

飛 / 樹上

→ 小鳥＿＿＿＿＿＿＿＿＿＿＿＿。

3.

搬 / 鄉下

→ 文英＿＿＿＿＿＿＿＿＿＿＿＿。

4.

回 / 英國

→ 友成＿＿＿＿＿＿＿＿＿＿＿＿。

Unit 15 他早上七點二十分起床

> 現在幾點(鐘)？ 現在幾點幾分？

兩點(鐘) 　　九點三十(分) 　　十點十五(分) 　　十點五分 　　　十點五十五分
兩點整 　　　九點半 　　　　十點一刻 　　　　十點(零／過)五分 　差五分十一點

練習 U 15-1 　用漢字寫幾點幾分

例 　

十點二十五(分)

 1.　　2. 　　3. 　　4.

_____　_____　_____　_____

練習 U 15-2 　看漢字，寫出幾點幾分

例 三點五十分 　→ _____3：50_____

1. 差五分五點 → _____ 　　　**2.** 六點半 → _____

3. 十一點過八分 → _____ 　　　**4.** 差兩分四點 → _____

5. 七點一刻 → _____

Tips

 七點過 χ 分
七點零 χ 分

$χ < 10$

 差 χ 分 七點
七點 差 χ 分

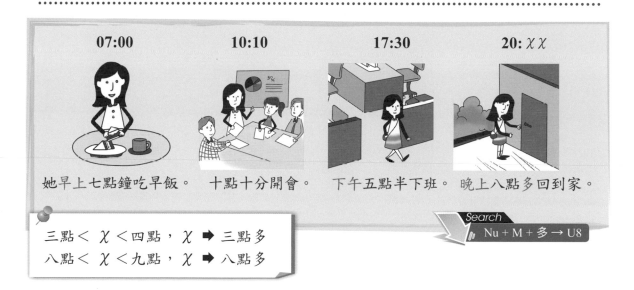

07:00	10:10	17:30	20: χχ
她早上七點鐘吃早飯。	十點十分開會。	下午五點半下班。	晚上八點多回到家。

三點 < χ <四點，χ ➡ 三點多
八點 < χ <九點，χ ➡ 八點多

Search
Nu＋M＋多 → U8

練習 U 15-3　　**看圖回答問題**

07:20	09:00	13: χχ	16:30	21: χχ

例　他什麼時候起床？　　　　　他早上七點二十分起床　　　。

1. 他幾點鐘上中文課？ _____。

2. 他什麼時候吃午飯？ _____。

3. 他幾點鐘運動？ _____。

4. 他什麼時候上網？ _____。

• 幾分鐘？ 五分鐘。　　　　　• 幾個鐘頭？ 七個鐘頭。
　　　　　　　　　　　　　　　• 幾(個)小時？ 七(個)小時。

• 01:00 ～ 01:30　　　　• 15:00 ～ 16:10　　　　• 07:00 ～ 08:30

三十分鐘　　　　　　　　一個鐘頭(又)十分鐘　　　　一個半 鐘頭 / 小時

半個鐘頭 / 半(個)小時　　一(個)小時(又)十分鐘

五分多鐘、二十幾/多分鐘、兩個多鐘頭/小時、十幾/多個鐘頭/小時

Search
多 / 幾 → U8

• 08:05~08:45

小明每天

坐四十分鐘的 車。

• 15:30~16:30

小美每天

打一個鐘頭的 網球

練習 U15-4　　　他們每天做什麼？

例 **23:00～07:**ㄨㄨ / 睡覺　→ 小華每天 ＿＿＿＿睡八個多鐘頭的覺＿＿＿＿。

1. 20:00~21:30 / 看電視　　→ 小芳每天 ＿＿＿＿＿＿＿＿＿＿＿。

2. 10:00~12:00 / 畫畫　　　→ 文英每天 ＿＿＿＿＿＿＿＿＿＿＿。

3. 08:20~09:00 / 跳舞　　　→ 心美每天 ＿＿＿＿＿＿＿＿＿＿＿。

4. 16:00~17:ㄨㄨ / 騎腳踏車　→ 一成每天 ＿＿＿＿＿＿＿＿＿＿＿。

六月十七日星期三

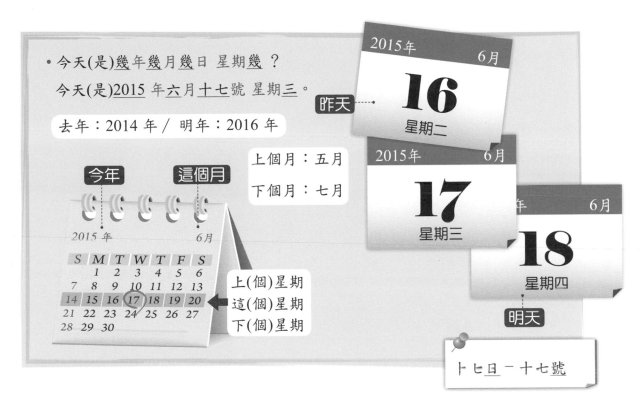

- 今天(是)幾年幾月幾日 星期幾？

  今天(是)2015 年六月十七號 星期三。

  去年：2014 年 ／ 明年：2016 年

  上個月：五月

  下個月：七月

  今年　　　這個月

  2015 年　　　6月

S	M	T	W	T	F	S
	1	2	3	4	5	6
7	8	9	10	11	12	13
14	15	16	17	18	19	20
21	22	23	24	25	26	27
28	29	30				

上(個)星期
這(個)星期
下(個)星期

2015年　　　6月

16　昨天

星期二

2015年　　　6月

17

星期三

6月

18

星期四

明天

十七日 = 十七號

練習 U 16-1　　回答問題

例　今天幾月幾號？ <u>今天九月八號</u> 。

2015　9　SEPTEMBER

	S	M	T	W	T	F	S
今天		1	2	3	4	5
9	7	8	9	10	11	12
13	14	15	16	17	18	19
20	21	22	23	24	25	26
27	28	29	30			

1. 下星期五是幾月幾號？

　　_____ 。

2. 這個月的第二個星期六是幾號？

　　_____ 。

3. 昨天星期幾？_____ 。明天呢？_____ 。

4. 上個月是幾月？_____ 。下個月呢？_____ 。

5. 去年是哪一年？_____ 。明年呢？_____ 。

- 3 號～4 號：<u>幾天</u>？→ <u>兩天</u>。
- 5 號～11 號：<u>一(個)星期</u> / <u>七天</u>
- 10 號～24 號：<u>半個月</u> / <u>十五天</u>
- 6月1日～8月31日：<u>幾個月</u>？→ <u>三個月</u>。
- 2015.6～2018.5：<u>幾年</u>？→ <u>三年</u>。

一<u>個</u>多星期、一<u>個</u>半月、十<u>個</u>多月、十幾 / 多<u>個</u>月、兩年半、三年多

弟弟<u>十點</u>睡覺 【現在】

我昨天<u>晚上</u>看書 【今天】

- A：弟弟睡覺<u>了</u>嗎？
  B：弟弟睡覺<u>了</u>。/
  弟弟(已經)睡<u>了</u>。

- A：你看書<u>了沒(有)</u>？
  B：我看書<u>了</u>。/ 我看<u>了</u>。

- A：現在是下午兩點，你午飯<u>吃了沒(有)</u>？
  B：<u>吃了</u>，我吃了<u>兩個包子</u>。

- A：你們寫功課<u>了沒(有)</u>？
  B：我<u>寫了</u>，我寫了<u>一百多個字</u>，可是妹妹<u>還沒寫</u>。

- A：你昨天<u>到哪裡去了</u>？
  B：我昨天在家，<u>哪兒都沒去</u>。

Search
哪-QW＋都＋沒 → U10

- A：小芳上個月到泰國去玩了<u>幾天</u>？
  B：她到泰國去玩了<u>一個多星期</u>。

▶ 練習 U 16-2　　用（　　）裡的詞回答問題

例 你昨天睡了幾個鐘頭？　（八）　_____我昨天睡了八個鐘頭_____。

1. 你喝牛奶了沒有？　　　（還沒）_____。

2. 小美回家了沒有？　　　（已經）_____。

3. 小明吃了多少餃子？　　（十五）_____。

4. 他休息了幾天？　　　　（三）_____。

5. 你在北部住了幾個月？　（六）_____。

6. 你周末去哪兒了？　　　（都沒）_____。

▶ 練習 U 16-3　　重組：寫出對的句子

例 早上 / 兩杯茶 / 喝 / 今天 / 了　　→ 我 ___今天早上喝了兩杯茶___。

1. 美國 / 了 / 去 / 到 / 已經　　　　→ 他_____。

2. 買 / 一輛新車 / 五月 / 了 / 去年　→ 他_____。

3. 玩 / 哪裡 / 了 / 上個周末 / 去 / 到

　→ 你們_____？

4. 住 / 半 / 年 / 兩 / 了 / 在英國 / 小時候

　→ 我_____。

5. 了 / 去 / 月 / 日本 / 多 / 玩 / 一個

　→ 他今年_____。

Unit 17　他們在打網球

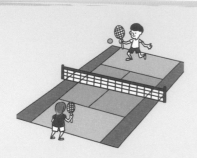

- A：他們在<u>做什麼</u>？
  B：他們在<u>打網球</u>。

- A：他們在<u>做什麼</u>？
  B：他們在<u>點菜</u>。

- A：這個男孩子<u>怎麼了</u>？
  B：他在<u>哭</u>。

- 我知道你打手機給我，
  可是 <u>那個時候</u> 我 <u>正在</u> 騎車，
  所以沒辦法接電話。

練習 U 17-1　　他 / 他們在做什麼？　用下面的詞寫句子

笑、上網、排隊、洗澡、畫畫、買菜、（寫作業）、踢足球、打電話

例

　他在寫作業　。

1.

_____。

2.

_____。

3.

_____ 。

4.

_____ 。

5.

_____ 。

6.

_____ 。

7.

_____ 。

8.

_____ 。

- 這些書，有的是我的，有的是姐姐的。
- 他們，有的(在)跳舞，有的(在)唱歌。
- 他們，一邊唱歌，一邊跳舞。

練習 U 17-2 他／他們在做什麼？ 用「有的……有的……」、「一邊……一邊……」寫句子

例 (吃東西、看報)

<u>　她一邊吃東西，一邊看報　</u>。

1. (打籃球、打棒球)

＿＿＿＿＿＿＿＿＿＿＿。

2. (游泳、喝飲料)

＿＿＿＿＿＿＿＿＿＿＿。

3. (開車、聽音樂)

＿＿＿＿＿＿＿＿＿＿＿。

4. (看書、休息)

＿＿＿＿＿＿＿＿＿＿＿。

5. (走路、聊天)

＿＿＿＿＿＿＿＿＿＿＿。

2:00~2:30   2:35

- 他們<u>打</u>了<u>半個鐘頭</u>(的)<u>籃球</u>。

- 他們<u>打</u>了<u>半(個)小時</u>(的)<u>籃球</u>。

 Tips

小明　昨天　坐了四十分鐘的車。

小明　每天　坐四十分鐘的車。

 *Search*
每天～ → U15

每天～永

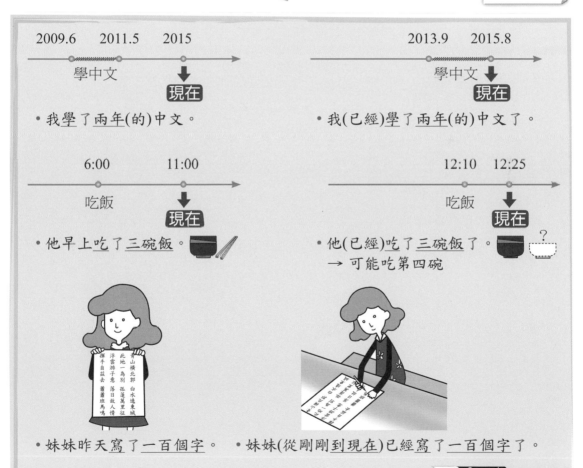

2009.6　2011.5　2015

學中文　→ 現在

- 我<u>學</u>了<u>兩年</u>(的)中文。

2013.9　2015.8

學中文　→ 現在

- 我(已經)<u>學</u>了<u>兩年</u>(的)中文了。

6:00　　11:00

吃飯　→ 現在

- 他早上<u>吃</u>了三碗飯。

12:10　12:25

吃飯　→ 現在

- 他(已經)<u>吃</u>了三碗飯了。
  → 可能吃第四碗

- 妹妹昨天<u>寫</u>了<u>一百個字</u>。

- 妹妹(<u>從剛剛到現在</u>)已經<u>寫</u>了<u>一百個字</u>了。

Search
V 了～ → U16

> 練習 U17-3　用「了」寫出完整的句子

例 小華 / 寫功課 // 昨天晚上 / 三個鐘頭

→ 　　　小華昨天晚上寫了三個鐘頭的功課。

我們 / 學中文 // 已經 / 一年多

→ 　　　我們已經學了一年多的中文了。

1. 林心怡 / 買新裙子 // 上個週末 / 一條

→

2. 他們 / 講話 // 已經 / 四十幾分鐘

→

3. 弟弟 / 念書 // 已經 / 六課

→

4. 他們 / 打籃球 // 今天早上 / 兩個半小時

→

5. 林學友 / 喝茶 // 已經 / 五杯

→

6. 大明 / 請假 // 上個星期 / 兩天

→

Unit 18 　你今天是怎麼來的？

- A：請問，這個水果中文怎麼<u>說</u>？
  B：這叫 <u>xiāngjiāo</u> 。

- A：請問，「xiāngjiāo」怎麼<u>寫</u>？
  B：香蕉

- A：你知不知道這種魚要怎麼做？
  B：這種魚很容易做，<u>怎麼做都好吃</u>。

Search
什麼-QW ＋ 都 → U10

練習 U18-1　　用「怎麼」問問題

例 做／餃子

請問，<u>餃子怎麼做</u>？

1. 念／這四個字

請問，_____？

2. 用 / 這種手機

請問，＿＿＿＿＿＿＿＿＿？

3. 開 / 這個窗戶

請問，＿＿＿＿＿＿＿＿＿？

4. 拿 / 筷子

請問，＿＿＿＿＿＿＿＿＿？

5. 唱 / 這首(shǒu)歌

請問，＿＿＿＿＿＿＿＿＿？

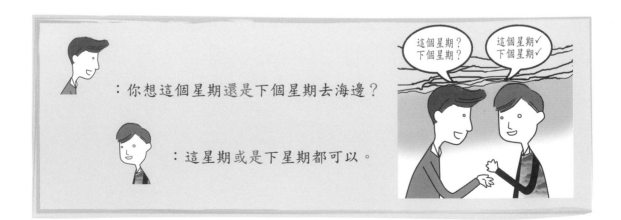

：你想這個星期還是下個星期去海邊？

：這星期或是下星期都可以。

練習 U18-2　　**寫上「還是」、「或是」**

例 A：你打算坐火車＿＿＿還是＿＿＿坐公車去東部？

　B：坐火車＿＿＿或是＿＿＿坐公車去都好。

1. A：你要喝咖啡＿＿＿＿可樂？

　B：咖啡＿＿＿＿可樂都可以。

2. A：這件襯衫有很多不同的顏色，買哪一種顏色送爸爸好呢？

　B：買紅色＿＿＿＿黃色的吧，有年輕的感覺。

3. A：我覺得這兩部電影都很不錯。

　B：那你決定看這部＿＿＿＿看那部？

：你的車呢？你今天是怎麼來的？

：我今天是坐公車來的。

Kevin White
英國人
2013年來台灣
現在住在台中

• Kevin 是什麼時候來台灣的？
　他是 2013 年來的。

• 他是從美國來的嗎？
　不，他是從英國來的。

練習 U18-3 看句子回答問題

王家樂上個星期跟男朋友一起坐飛機回法國工作了。

例 王家樂是從哪裡來的？ _____她是從法國來的_____。

1. 王家樂是跟誰一起回去的？ _____。

2. 他們是什麼時候回去的？ _____。

3. 他們是怎麼回法國的？ _____。

4. 王家樂是回去念書的嗎？ _____。

練習 U18-4 看回答寫問句，用「是……的」問問題

這張相片是我 2012 年秋天跟心美、文英到日本看一成的時候照的，這件衣服也是我那時候買的。

例 _____天明是跟誰一起去日本的_____？
他是跟心美、文英去的。

1. _____？ 他們是去看一成的。

2. _____？ 這張相片是在日本照的。

3. _____？ 他們是 2012 年秋天去的。

4. _____？ 那件衣服是天明買的。

5. _____？ 那件衣服是在日本買的。

6. _____？ 那是 2012 年買的。

Unit 19 博物館離這裡遠不遠？

- A：我想到博物館去看看。

  請問，博物館 離 這裡 遠不遠？
- B：博物館 離 這裡 不太遠。

小明家	學校	超市	博物館	百貨公司	小華家
→很近	→不遠	→不太遠		→有一點遠	→很遠

- 小明家離學校很近，離小華家很遠。　　• 百貨公司離小明家有(一)點遠。

「不太～」也可以說「不怎麼～」：

小明家離博物館不太遠。 ➡ 小明家離博物館不怎麼遠。

練習 U 19-1　　看看圖，再用給你的詞寫句子

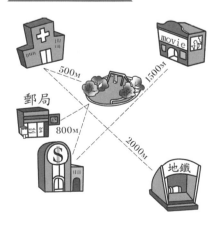

例 醫院 / / 不遠 →　　醫院離公園不遠　　。

1. 地鐵站 / / 很遠 →＿＿＿＿＿＿＿＿＿＿＿。

2. 銀行 / / 有一點遠 →＿＿＿＿＿＿＿＿＿＿。

3. 郵局 / / 很近 →＿＿＿＿＿＿＿＿＿＿＿。

4. 公園 / / 不太遠 →＿＿＿＿＿＿＿＿＿＿。

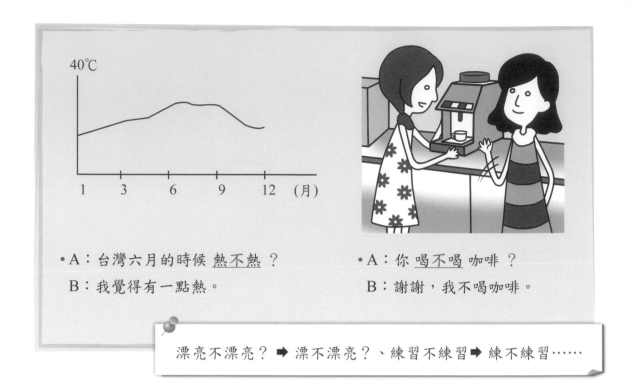

- A：台灣六月的時候 <u>熱不熱</u>？
  B：我覺得有一點熱。

- A：你 <u>喝不喝</u> 咖啡？
  B：謝謝，我不喝咖啡。

漂亮不漂亮？ ➡ 漂不漂亮？、練習不練習 ➡ 練不練習……

練習 U19-2　　用右邊的詞問問題：對、想、吃、方便、緊張、參加

例 明天放假，你＿＿＿＿想不想＿＿＿＿去哪裡玩？

1. 明天是你第一天上班，你＿＿＿＿＿＿＿＿＿＿＿？

2. 老師，這個字念「huá」，＿＿＿＿＿＿＿＿＿＿？

3. 住在這裡，買東西、坐車＿＿＿＿＿＿＿＿＿＿？

4. 這個菜有點兒辣，你＿＿＿＿＿＿＿＿＿＿辣的東西？

5. 下個星期的棒球比賽，你＿＿＿＿＿＿＿＿＿＿？

- A:您好,我要去博物館。
  請問,到博物館<u>怎麼走</u>?

  B:你往前面(一直)走,
  過兩條馬路,
  到了第三個十字路口(往)左轉,
  過一個紅綠燈,
  博物館就在你的右(手)邊。

「到<u>了</u>~往~轉」也可以說「<u>在</u>~往~轉」

練習 U19-3　　看地圖回答問題

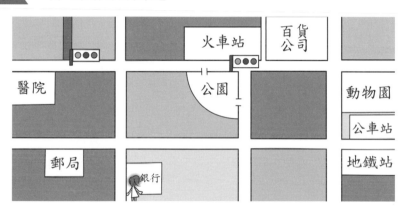

例 她在前面的十字路口往右轉,一直走,過了兩個十字路口,請問,
在她右手邊的是什麼地方? → _____地鐵站_____

1. 她往前走,過了一條馬路,在第二個路口右轉,經過一個紅綠燈,
   請問,在她左手邊的是什麼地方? → _____

2. 她在前面的路口右轉,過了一條馬路,到了第二個十字路口往左轉,走一會兒,
   請問,在她右邊的是什麼地方? → _____

3. 她在前面的路口右轉,走一會兒,在第一個十字路口左轉,請問,
   她一直往前走,經過公園後,會到什麼地方? → _____

4. 小美要去公園玩,請問她應該怎麼走? → _____

71

Unit 20 你去過歐洲嗎？

你們<u>去過</u>歐洲嗎？

我<u>看過</u>法國電影，<u>吃過</u>西班牙菜，可是<u>沒去過</u>歐洲。

我<u>去過</u>，我<u>去過</u>義大利。

練習 U20-1 用（ ）裡的詞完成句子

例 Jason：我去年在台灣學了兩個月中文。 (來) → 他____來過____台灣。

1. 心美：這首歌我會唱。(聽) → 她_____這首歌。

2. 小弟：坐飛機好玩嗎？好像很可怕。(坐) → 他_____飛機。

3. 一成：這裡的西瓜很甜。(吃) → 他_____西瓜。

4. 英愛：山上的風景非常美。(爬) → 她_____山。

5. 秋華：妹，妳男朋友高不高？(見) → 她_____妹妹的男朋友。

Tips

V 過	我 吃過 包子，很好吃。 ➡ 有「吃包子」的經驗
	我 沒吃過 包子。包子是什麼味道？ ➡ 沒經驗
(已經)V 過 + 了	A：吃飯了沒有？這裡有包子。 B：我(已經)吃過了。謝謝！ ➡ 不是經驗

選出合適的詞，用「又……又……」完成句子

例 可怕 / 美麗 / 聰明 → 我姊姊＿＿＿＿又美麗又聰明＿＿＿＿＿，誰都喜歡她。

1. 舊 / 新 / 髒 → 這件衣服＿＿＿＿＿＿＿＿＿＿，沒有人要穿。

2. 香 / 苦 / 難喝 → 咖啡＿＿＿＿＿＿＿＿＿＿，爸爸不喜歡喝。

3. 安全 / 危險 / 乾淨 → 這家旅館＿＿＿＿＿＿＿＿＿，我們住這家吧。

4. 貴 / 新鮮 / 便宜 → 這家餐廳的菜＿＿＿＿＿＿＿＿＿，客人很多。

5. 無聊 / 有趣 / 沒意思 → 這個節日＿＿＿＿＿＿＿＿＿，我不想看。

・A：你沒去過歐洲，你想不想去？
　B：我想去啊。明年春天我打算先去
　　義大利，再去法國。

義大利

法國

你

我

他

・你先告訴我，
　(然後)我再告訴他。

練習 U20-3 看看圖，用「先……，再……」寫出完整的句子

例 老闆、小明

(給老闆錢、給小明香蕉)

　老闆先給小明香蕉，
　小明再給老闆錢　。

1. 他們

上午　　　　　　下午

(游泳、騎腳踏車)

_____。

2. 奶奶、心怡

(下車)

_____。

3. 小芳

12:15　　　　12:30

(寄信、吃飯)

_____。

4. 他們

(跳舞、唱歌)

_____。

5. 明華、大成

2014 年 7 月　　　　　2014 年 8 月

(教大成中文、教明華日文)

_____。

來台灣以後，他胖了

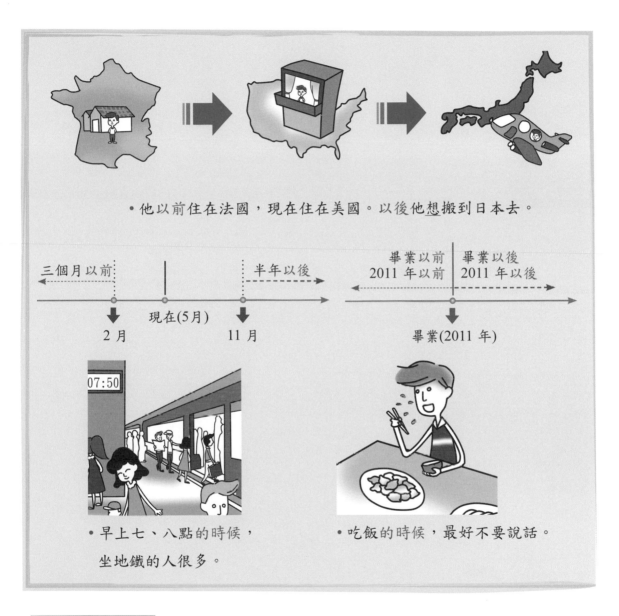

• 他以前住在法國，現在住在美國。以後他想搬到日本去。

三個月以前 ← | 半年以後 ---→

現在(5月)

2 月　　　11 月

畢業以前 | 畢業以後
2011 年以前 | 2011 年以後

畢業(2011 年)

07:50

• 早上七、八點的時候，
坐地鐵的人很多。

• 吃飯的時候，最好不要說話。

練習 U21-1　　寫上「以前」、「以後」、「的時候」

例 這個地方＿＿＿以前＿＿＿沒有學校。

1. 生病＿＿＿＿＿＿＿應該多休息。

2. 她喜歡在睡覺_____洗澡。

3. 小華很喜歡跳舞，她打算_____去美國學跳舞。

4. 三年_____我在法國學了半年的法文。

5. 開車_____要特別小心，注意看紅綠燈。

6. 下班_____我想先回家換衣服，再去看電影。

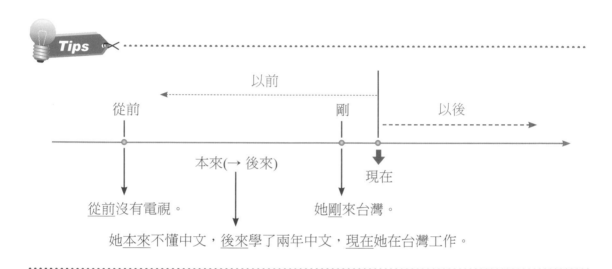

本來(→ 後來)

從前沒有電視。　　　　　　　　　她剛來台灣。

她本來不懂中文，後來學了兩年中文，現在她在台灣工作。

• 來台灣以後，他胖了。　　• 小孩子不哭了。　　• 她會說中文了。

練習 U21-2　看看圖，用「了」完成句子

例

他以前很喜歡吃魚，

現在　<u>不喜歡吃了</u>　。

1.

以前她不會開車，

現在＿＿＿＿＿＿＿。

2.

這個問題他剛剛不懂，

現在＿＿＿＿＿＿＿。

3.

從前這裡有一個公車站，

現在＿＿＿＿＿＿＿。

4.

她本來愛他，

後來＿＿＿＿＿＿＿。

現在她跟別人結婚了。

5.

他本來要跟我們去旅行，

可是＿＿＿＿＿＿＿。

現在不能去了。

從前 → 現在

67公斤　72~73公斤

• 他<u>胖</u>了<u>五、六公斤</u>。

• 他<u>胖</u>了<u>好幾公斤</u>。

• 這件衣服洗了以後，

　<u>小</u>了<u>好多</u>。

Search

幾 / 多 → U7、U8

好幾公斤＝<u>很多</u>(公斤)　好多＝<u>很多</u>

練習 U21-3 看看圖，用「了」完成句子

例 大

五歲 → 六歲

→ 小男孩__大了一歲__。

1. 貴

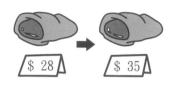

$ 28 $ 35

→ 麵包_____。

2. 瘦

→ 她_____。

3. 多

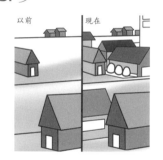

以前　現在

→ 房子_____。

4. 少

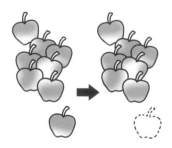

→ 蘋果_____。

5. 高

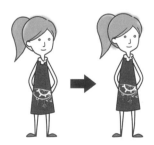

133 公分 ➡ 136 公分

→ 她_____。

爺爺的字寫得真漂亮！

- 我是<u>教書</u>的。
- 他是<u>做飯</u>的。
- 心怡是<u>賣花</u>的。

練習 U22-1　這些人是做什麼的？

例

他是＿＿＿賣菜的＿＿＿。

1.

他們是＿＿＿＿＿＿。

2.

他是＿＿＿＿＿＿。

3.

她是＿＿＿＿＿＿。

4.

她是＿＿＿＿＿＿。

5.

他是＿＿＿＿＿＿。

‧A：這個菜是誰做的？　‧A：這張畫是哪國人畫的？　‧他想不出來
　B：那是我做的。　　　　B：這是荷蘭畫家畫的。　　　這首歌是誰唱的。

練習 U22-2　　改寫句子

例 林學中照了這些相片。 → 這些相片是＿＿＿林學中照的＿＿＿。

1. 小芳做了這個蛋糕。　　　→ 這個蛋糕是＿＿＿＿＿＿＿＿＿＿。

2. 我朋友租了那間房子。　　→ 那間房子是＿＿＿＿＿＿＿＿＿＿。

3. 那個人偷了我的手錶。　　→ 我的手錶是＿＿＿＿＿＿＿＿＿＿。

4. 小華買了這個洗衣機。　　→ 這個洗衣機是＿＿＿＿＿＿＿＿＿＿。

5. 王大同寫了這本書。　　　→ 這本書是＿＿＿＿＿＿＿＿＿＿。

‧A：爺爺的字，寫得怎麼樣？　　　B：爺爺的字，寫得真漂亮！

- A：他們聊天，聊得<u>開心不開心</u>？
  B：他們聊天，聊得<u>非常開心</u>。
- A：那個人，歌唱得<u>好聽嗎</u>？
  B：那個人，歌唱得<u>很難聽</u>。

練習 U22-3 用（ ）裡的詞回答問題

例 李英愛的中文，說得好不好？(非常好) → <u>她的中文，說得非常好</u>。

　李英愛，中文說得怎麼樣？(真不錯) → <u>她，中文說得真不錯</u>。

1. 他的足球，踢得好不好？(不怎麼好) → _____。

2. 張文中開車，開得怎麼樣？(太快了) → _____。

3. 那家餐廳，魚做得好不好吃？(很好吃) → _____。

4. 文英說故事，說得有趣嗎？(真有趣) → _____。

5. 你們昨天的會，開得成功嗎？(很成功) → _____。

6. 李老師，語法教得怎麼樣？(非常清楚) → _____。

• 文德跑得 <u>快</u>極了。

➡ <u>快</u>得很

➡ <u>快</u>得不得了

• 今天的籃球比賽<u>緊張</u>極了。

➡ <u>緊張</u>得很

➡ <u>緊張</u>得不得了

練習 U22-4 　用（　　）裡的詞改寫句子

例 這隻小狗真可愛。(～極了)　　→ <u>　　這隻小狗可愛極了　　</u>。

1. 奶奶的身體很健康。(～得很)　　→ _____。

2. 這個問題太簡單了。(～極了)　　→ _____。

3. 想學中文的人很多。(～得不得了)　→ _____。

4. 這本字典非常有用。(～得很)　　→ _____。

5. 美美哭得很傷心。(～得不得了)　→ _____。

6. 這個房間打掃得真乾淨。(～極了)　→ _____。

7. 我們在日本玩得很高興。(～得很)　→ _____。

8. 她考試，考得非常好。(～極了)　　→ _____。

這雙鞋有沒有大一點的？

- 這兩條裙子，我喜歡<u>短</u>的。

- A：那兩輛車，哪輛是你的？

  B：<u>大</u>的是我的，<u>小</u>的是我妹妹的。

練習 U23-1　　**看圖回答問題**

例 這兩杯咖啡，你想喝哪杯？

冰　　熱

　　　　我想喝冰的　　　　。

1. 那兩個女孩子，哪個住樓上？

矮的

高的

_____。

2. 那兩位先生，哪位姓林？

林學思　王力華

瘦　　　胖

_____。

3. 這兩雙鞋，你想穿哪雙？

新　　　舊

_____。

4. 這兩個錶，你要買哪個？

方　　圓

_____。

5. 那兩位小姐，哪位是你同事？

年紀大

年輕

_____。

- 請問，
  這雙鞋有沒有<u>大一點</u>的？
  (這雙鞋有<u>大一點</u>的嗎？)

- 這張桌子太矮了，
  我要<u>高一點</u>的。

練習 U23-2　　用（　　）裡的詞問問題

例 這個相機太貴了，(便宜)　　→　<u>有沒有便宜一點的／有便宜一點的嗎？</u>

1. 這條褲子有點兒短，(長)　　→　_____？

2. 這個房子離車站太遠，(近)　→　_____？

3. 這個西瓜不太甜，(甜)　　　→　_____？

4. 這個房間有點髒，(乾淨)　　→　_____？

5. 這條魚不怎麼新鮮，(新鮮)　→　_____？

NT$ 1,050,000

NT$ 680,000

- 這兩輛車，<u>大的</u>貴，<u>小的</u>便宜。

  ➡ <u>小的</u>比較便宜。

- 這兩條裙子，我覺得<u>長的</u>好看。

  ➡ 我覺得<u>長的</u>比較好看。

- 他們兩個人都很高。
  王行一高，可是林友志更高。

- A：那三個人，誰最高？
  B：中間的最高。
  A：誰最矮？
  B：左邊的最矮。

練習 U23-3　　寫上「比較」、「更」、「最」

例 法國菜好吃，可是我覺得中國菜＿＿＿更＿＿＿好吃。

1. 飛機票太貴了，坐火車雖然慢一點，可是＿＿＿＿＿＿＿＿便宜。

2. 這家店賣的冷氣機裡面，這種是＿＿＿＿＿＿＿＿安靜的，就買這種吧。

3. 你爸爸跟你伯伯，誰＿＿＿＿＿＿＿＿高？

4. 一成的中文說得不錯，可是天明的中文說得＿＿＿＿＿＿＿＿好。

5. 我們三個人，新美進步得＿＿＿＿＿＿＿＿多；這次考試，她進步了十分。

6. 海邊的風景很漂亮，可是山上的風景＿＿＿＿＿＿＿＿美。

練習 U23-4　　看圖回答問題

例

這兩個盒子，哪個輕？

　這兩個盒子，大的輕　。

1.

這兩杯咖啡，哪杯貴？

_____。

2.

這兩盤菜，哪盤辣？

_____。

3.

這兩枝筆，哪枝新？

_____。

4.

誰的年紀最大？

_____。

5.

誰跑得比較快？

_____。

她的頭髮比我的長

王文華

王偉華

- 王文華跟王偉華一樣高。

- 這塊牛排跟那塊不一樣大。

- 小的蘋果跟大的一樣好吃。

王文華跟王偉華一樣很高
小的蘋果跟大的一樣很好吃。

練習 U24-1　　**看看圖，再用給你的詞完成句子**

例 漂亮

黑色的帽子 <u>跟白色的一樣漂亮</u> 。

1. 熱

昨天　　　　　今天

36℃　　　　　36℃

今天_____。

2. 長

這條褲子＿＿＿＿＿＿＿＿＿＿＿＿。

3. 好吃

我做的魚＿＿＿＿＿＿＿＿＿＿＿。

4. 快

坐火車＿＿＿＿＿＿＿＿＿＿＿。

5. 多

這瓶牛奶＿＿＿＿＿＿＿＿＿＿＿。

- 她的頭髮比我的長。
- 她的頭髮比我的長一點(兒)。

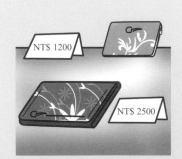

- 這個皮包比那個貴。
- 這個皮包比那個貴得多。

這個皮包比那個貴一千三。

她的頭髮比我的一點長。 ／這個皮包比那個很貴。

Tips

A 比 B	長 快 便宜 輕 ……	一點(兒)	➡ 這條褲子比那條長<u>一點(兒)</u>。
		多了、得多	➡ 坐飛機比坐船快<u>多了</u>。
		五千塊	➡ 這輛車比那輛便宜<u>五千塊</u>。
		兩公斤	➡ 妹妹比我輕<u>兩公斤</u>。
		……	

練習 U24-2 **看看圖，再用給你的詞寫句子**

例 慢 ／ 分鐘

25分鐘
30分鐘

<u>騎腳踏車比坐公車慢五分鐘。</u>

1. 熱鬧 ／ 得多

城市

_____ 。

2. 多 ／ 杯

_____ 。

3. 矮 ／ 一點兒

哥哥　弟弟

_____ 。

4. 小 ／ 歲

王秋華　王玉華
28歲　22歲

_____ 。

5. 涼快 ／ 多了

_____ 。

我　李先生

• 我比李先生高。
　李先生沒有我(這麼)高。
　李先生不像我 這麼 高。

• 西瓜比蘋果重。
　蘋果沒有西瓜(那麼)重。
　蘋果不像西瓜 那麼 重。

練習 U24-3　先看圖，再想想句子對不對：
對，寫「T」；不對，寫「F」

日本

42"
NT$ 25900

美國

50"
NT$ 25900

德國

32"
NT$ 10900

韓國

42"
NT$ 23900

例（ T ）德國的電視比韓國的小。

1. (　) 日本的電視跟韓國的一樣大。

2. (　) 韓國的電視跟美國的不一樣貴。

3. (　) 日本的電視沒有美國的那麼貴。

4. (　) 美國的電視不像德國的那麼小。

5. (　) 德國的電視比日本的便宜一萬三。

練習 U24-4　　**連連看：看看句子，找出答案**

例　今天北部沒有南部那麼熱。

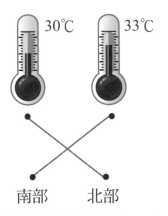

1.　小明比小華高，小華比小芳矮，可是沒有小美那麼矮，
　　小芳沒有小明那麼高。

(1) 小明　　　(2) 小華　　　(3) 小芳　　　(4) 小美

Unit 25 她一有機會就練習中文

- 家樂剛來的時候，

  一<u>個</u>朋友也沒有，一<u>點兒</u>中文都不懂。

你好

- 她覺得這裡的冬天

  一<u>點兒</u>也不冷。

Search
什麼、誰、哪、怎麼 ＋ 都／也 ＋ 不／沒 → U10

練習 U25-1　用「一……都／也……」改寫句子

例 他沒寫字。　　　→ ＿＿他一個字都沒寫。／他一個字也沒寫＿＿。

1. 小明沒買書。　　→ ＿＿＿＿＿＿＿＿＿＿＿＿＿＿＿＿

2. 我不會說法國話。　→ ＿＿＿＿＿＿＿＿＿＿＿＿＿＿＿＿

3. 教室裡沒有人。　→ ＿＿＿＿＿＿＿＿＿＿＿＿＿＿＿＿

4. 他沒有錢。　　　→ ＿＿＿＿＿＿＿＿＿＿＿＿＿＿＿＿

5. 心美不能喝酒。　→ ＿＿＿＿＿＿＿＿＿＿＿＿＿＿＿＿

練習 U25-2　用「老、貴、髒、難、好吃、危險」寫句子

例 中文：容易　　　→ _____中文一點兒也/都 不難_____。

1. 弟弟的房間：乾淨　　→ _____

2. 姐姐新買的裙子：便宜　→ _____

3. 那家餐廳做的魚：難吃　→ _____

4. 這座橋：安全　　　→ _____

5. 奶奶：還很年輕　　→ _____

• 家樂一有機會，就練習中文。　　• 他一到家，就下雨了。

你好！

我是法國人。

請問這是什麼？

Search
V了……就…… → U26

練習 U25-3　用「一……就……」寫句子

例 我，下班 ➡ 我，去看電影　　→ _____我一下班，就去看電影_____。

1. 心美，喝酒 ➡ 心美，不舒服　→ _____

2. 秋華，畢業 ➡ 秋華，找到工作　→ _____

3. 學生，看到老師 ➡ 學生，安靜　→ _____

4. 天明，緊張 ➡ 天明，想上廁所　　→ _____

5. 文英，下課 ➡ 文英，去圖書館　　→ _____

6. 孩子，哭 ➡ 媽媽，著急　　　　　→ _____

7. 妹妹，唱歌 ➡ 爺爺，開心　　　　→ _____

• 本來，英愛的中文 <u>說得</u> 比家樂<u>好</u>，
現在，家樂跟英愛 <u>說得</u> 一樣<u>好</u>了。

• 小明(游泳)<u>游得</u> 沒有小華<u>快</u>。
小明不像小華 <u>游得</u> 那麼<u>快</u>。

Search　他的中文說得怎麼樣？ → U22

Search　A 比 B ～ → U24

Tips

A (的中文) (說中文) (，中文)	說得	比	B			好。
		跟		一樣		
		沒有		(那麼／這麼)		
		不像		那麼／這麼		
		比				
		跟	說得	一樣		
		沒有		(那麼／這麼)		
		不像		那麼／這麼		

練習 U25-4　**看看圖，再用給你的詞寫句子**

例

寫 / 跟 / 漂亮 → ____我寫得跟爺爺一樣漂亮____ 。

跟 / 寫 / 漂亮 → ____我跟爺爺寫得一樣漂亮____ 。

1. 睡 / 比 / 久

_____

2. 沒有 / 跳 / 高

_____

3. 考 / 不像 / 好

_____

4. 跟 / 吃 / 多

_____

5. 比 / 跑 / 慢

_____

6. 來 / 沒有 / 早

_____

・我們公司九點上班。

・李先生八點半就來了。 ・王先生九點十分才來。

 他們很早以前就認識了。

他們上個星期才認識的。

・小明昨天十二點才睡。 ・小華昨天十二點就睡了。

（→比平常晚睡） （→比平常早睡）

練習 U26-1 **圈出對的**

例 他昨天很晚睡，所以今天九點半____就 /（才）____起床。

1. 她十分鐘以後____就 / 才____到了，我們等一下吧。

2. 我十點____就 / 才____吃早飯的，現在還不餓。

3. 他大學念了八年____就 / 才____畢業。

4. 她很小的時候____就 / 才____知道自己以後想做一個記者。

5. 電影六點____就 / 才____開始，我們先去吃個飯吧！

6. 今天事情很多，可能八點以後____就 / 才____可以回家。

7. 這附近交通很方便，所以房子一下子____就 / 才____有人租了。

8. 你們怎麼現在____就 / 才____來？飛機早____就 / 才____起飛了。

9. 在台灣，十八歲____就 / 才____可以喝酒；

   可是在美國，二十歲____就 / 才____可以喝酒。

10. 我上個星期____就 / 才____到台灣了，但是今天____就 / 才____有空給你打電話。

Tips

才……＋的	他們 昨天 才 搬到鄉下去 的。
就……＋了	他們 去年 就 搬到鄉下去 了。

• 秋華 畢了業 就開始工作。

(→ 馬上、很快)

• 心怡 畢了業 才開始找工作。

(→ 慢、晚、不急)

Search

─……就……→ U25

練習 U26-2　「才」還是「就」？ 用（　　）裡的詞完成句子

例 他說他等一下有事，所以 ＿付了錢，就走了＿ 。(付錢、走)

1. 爸爸下班以後不去別的地方，他每天＿＿＿＿＿＿＿＿＿＿＿＿＿。(下班、回家)

2. 小明現在不去銀行，他＿＿＿＿＿＿＿＿＿＿＿＿。(寄信、去銀行)

3. 他們在電影院等我了，我＿＿＿＿＿＿＿＿＿＿＿。(換衣服、去電影院)

4. 弟弟沒那麼早睡，他常常＿＿＿＿＿＿＿＿＿＿＿。(打很久的電腦、睡覺)

5. 文華很喜歡運動，他今天＿＿＿＿＿＿＿＿＿＿＿。(下課、去游泳)

- 天明今天不餓，吃三碗麵就飽了。

  (三碗 → 少)

- 文英很餓，吃了兩碗麵才飽。

  (兩碗 → 多)

練習 U26-3 　圈出對的

例 我們公司離銀行不遠，走十幾分鐘 ___就 / 才___ 到了。

1. 從我家坐計程車到機場，差不多要一千塊錢 ___就 / 才___ 夠。

2. 小華早上不太舒服，吃了兩個三明治 ___就 / 才___ 不吃了。

3. 這裡的家具都很便宜，三百塊錢 ___就 / 才___ 能買兩張椅子。

4. 今天車子很多，可能要五、六個小時 ___就 / 才___ 可以到台南。

5. 我沒吃早飯，中午吃了十五個餃子 ___就 / 才___ 覺得飽。

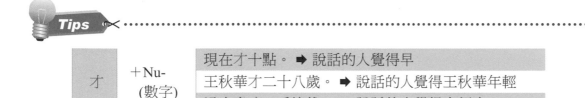

Tips

才	+Nu- (數字)	現在才十點。 ➡ 說話的人覺得早
		王秋華才二十八歲。 ➡ 說話的人覺得王秋華年輕
		這本書才一千塊錢。 ➡ 說話的人覺得書便宜

- 上個月我去看了<u>兩</u>次病。
  <u>第一</u>次是因為牙疼，
  <u>第二</u>次是因為感冒、發燒。

- 這些藥每天吃<u>三</u>次，每次吃兩包。

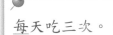

每天吃三次。 ➡ 一天吃三次。
每次吃兩包。 ➡ 一次吃兩包。

練習 U27-1 　看看圖，再用給你的詞寫句子

例

高小姐去法國／十幾天

→ 她　<u>(每)兩年去一次法國</u>　，

　　<u>每次去十幾天</u>　　　　　。

1.

Jason 上中文課／兩個鐘頭

→ 他＿＿＿＿＿＿＿＿＿＿＿＿，

　＿＿＿＿＿＿＿＿＿＿＿＿。

2.

文英騎腳踏車 / 五公里

→ 她＿＿＿＿＿＿＿＿＿＿＿＿＿＿＿，

＿＿＿＿＿＿＿＿＿＿＿＿＿＿＿。

3.

一成做餃子 / 幾十個

→ 他＿＿＿＿＿＿＿＿＿＿＿＿＿＿，

＿＿＿＿＿＿＿＿＿＿＿＿＿＿＿。

• 醫生把這件事情告訴病人。
  醫生把這件事情說給病人聽。

• 護士把藥拿給病人。
  護士把藥拿給病人吃。

• 病人把藥吃了。

• 李先生把房子賣了。
  他把房子賣給張小姐。
  張小姐把錢給李先生。

• 天氣不錯，應該<u>把</u>衣服洗(一)洗。　　• 老師要我<u>把</u>「人」這個字寫三次。

別／沒／不＋把：<u>別</u>把這件事告訴他。
　　　　　　　　　我<u>沒</u>把書拿給小美。
　　　　　　　　　王先生<u>不</u>把錢給他。
　　　　　　　　　你<u>不</u>可以把房子賣了。

Tips ⋯⋯⋯⋯⋯⋯⋯⋯⋯⋯⋯⋯⋯⋯⋯⋯⋯⋯⋯⋯⋯⋯⋯⋯⋯

	把 +	Obj. (人、東西) +	V ⋯⋯	。
把	藥 房子	吃 賣		了
	事情 錢	告訴 給		他
	藥 房子	拿 賣	給	他
	衣服	洗	(一)	洗
	字	寫		三次

▶ 練習 U27-2　用「把」改寫句子

例 他忘了這件事。　　　　　→ ＿＿＿＿＿他把這件事忘了＿＿＿＿＿。

1. 玉華剪頭髮了。　　　　　→ ＿＿＿＿＿＿＿＿＿＿＿＿＿＿＿

2. 哥哥吃了姊姊的蛋糕。　　→ ＿＿＿＿＿＿＿＿＿＿＿＿＿＿＿

3. 這瓶酒，我打算送給他。　→ ＿＿＿＿＿＿＿＿＿＿＿＿＿＿＿

4. 明天記得打掃打掃房間。　→ ＿＿＿＿＿＿＿＿＿＿＿＿＿＿＿

5. 你沒說這個故事給他聽嗎？→ ＿＿＿＿＿＿＿＿＿＿＿＿＿＿＿

6. 你別喝了爸爸的茶。　　　→ ＿＿＿＿＿＿＿＿＿＿＿＿＿＿＿

7. 那個句子，你們念兩遍。　→ ＿＿＿＿＿＿＿＿＿＿＿＿＿＿＿

8. 那封信，我忘了寄給秋子　→ ＿＿＿＿＿＿＿＿＿＿＿＿＿＿＿

9. 家樂拿畫給天明看。　　　→ ＿＿＿＿＿＿＿＿＿＿＿＿＿＿＿

10. 你應該寫一寫作業。　　　→ ＿＿＿＿＿＿＿＿＿＿＿＿＿＿＿

11. 姐姐不借自行車給我。　　→ ＿＿＿＿＿＿＿＿＿＿＿＿＿＿＿

12. 她介紹男朋友給父母認識。→ ＿＿＿＿＿＿＿＿＿＿＿＿＿＿＿

- 走上樓
- 穿上衣服
- 走下樓
- 坐下
- 拿起杯子
- 走進房間
- 跑出門
- 走回家
- 跑過街

▶ 練習 U28-1　　寫上「上、下、起、進、出、回、過」

例

請妳躺＿＿下＿＿。

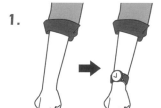

1.

他戴＿＿＿手錶。

2.

她走＿＿＿浴室。

3.

小鳥飛＿＿＿＿湖。

4.

他爬＿＿＿＿山。

5.

她跑＿＿＿＿教室。

6.

她拿＿＿＿＿手機。

7.

他脫＿＿＿＿帽子。

8.

這些書，一成都要
帶＿＿＿＿日本。

• 他們今天<u>搬</u>來這裡。　　• 這本字典，你<u>拿</u>去用吧。

• 請<u>上</u>來。　　• 他<u>下</u>去了。

• 他<u>上</u>去了。　　• 請<u>下</u>來。　　• 他<u>站</u>起來。

- 這張桌子，請你們搬過去。
- 她出門去買東西。

Tips

V. （動詞）	上、下、 進、出、＋來／去 過、回	跑上來、跑上去；搬下來、搬下去 走進來、走進去；開出來、開出去 送過來、送過去；帶回來、帶回去
	起　　＋來	站起來、拿起來、掛起來……

練習 U28-2　　**圈出對的**

例 這件外套，請幫我掛起 <u>來</u>／去 。

1. 這本書，妳先拿___來／去___看吧。

2. 這些碗盤，你是從哪裡搬___來／去___的？

3. 我做了三明治，你明天帶___來／去___吃。

4. 客人都在樓上聊天，去請他們下___來／去___吧。

5. 我們都很想你，你什麼時候回___來／去___看我們？

練習 U28-3　　**圈出對的**

例 我得在家照顧妹妹，不能跟你們　進 / 出　　來 / 去　玩了。

1. 我有事要告訴你，請你　起 / 過　　來 / 去　這裡。

2. 她在房間裡休息，我們最好別　進 / 出　　來 / 去　。

3. 他從樓下　上 / 下　　來 / 去　跟我們一起看電視。

4. 我今天很累，真想馬上　過 / 回　　來 / 去　睡覺。

5. 我在門外等他，可是他一直沒　進 / 出　　來 / 去　。

6. 您買的電視，我們明天就可以送　過 / 回　　來 / 去　。

7. 我在房間寫功課，不希望有人　進 / 出　　來 / 去　吵我。

8. 姊姊拿　起 / 上　一個麵包　來 / 去　吃了一口。

9. 他住在山上，我們想　上 / 下　　來 / 去　看他們。

10. 她在樓下，東西很多，我得　上 / 下　樓　來 / 去　幫她。

Note

他把車停在餐廳門口

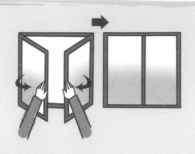

• 有點兒冷，請你把窗戶<u>關上</u>。

• 有點兒熱，我想把外套<u>脫下</u>。

• 天黑了，請把燈<u>開開</u>。

• 我不吃了，請把這盤菜<u>拿走</u>吧。

穿上 ➡ 脫下(來)
開開 / 打開 ➡ 關上

Search
把～ → U27；～上、～下 → U28

練習 U29-1 用「把」改寫句子

例 請別關上門。　　　　　→ _____請別把門關上_____。

1. 她放下手上的東西。　　　→ _____

2. 美美想馬上打開生日禮物。 → _____

3. 哥哥帶走我新買的手機了。 → _____

4. 那個舊冰箱，他請人搬走了。→ _____

5. 你應該戴上女朋友送你的帽子。→ _____

- 他把車子停<u>在</u>餐廳門口。
- 請把桌子搬<u>到</u>臥室(去)。
- 把糖果裝<u>進</u>袋子(裡)。
- 把書拿<u>出來</u>。

Search
在 → U13；到 → U14；進、出、過⋯⋯＋來／去 → U28

練習 U29-2　　**重組：寫出對的句子**

例 把／踢／球／過來／請 → _____請把球踢過來。_____

1. 放／沒／皮包／把／進／手機／姊姊

→ _____

2. 家／別／把／來／課本／忘了／帶回

→ _____

3. 沙發／常／襯衫／把／他／上／放在

→ _____

4. 洗衣機／你／請／搬到／去／浴室／把

→ _____

5. 拿上／請你／把／可不可以／去／黑板／樓

→ _____

練習 U29-3　　連連看：先看句子，再把東西放在對的地方

　　媽媽去超市買東西回來以後，走進廚房，先把錢包放在桌上，把蛋跟青菜放進冰箱裡，再把米跟果汁從冰箱裡拿出來。她把米放在桌上，把果汁拿到客廳以後，走進臥室，把大衣脫下，然後穿上毛衣，走回客廳，準備喝杯果汁、休息休息。這時候，送家具的人來了。

　　媽媽請他們把沙發放在客廳的窗戶下面，把新的書桌搬到樓上的書房去，也請他們把舊書桌搬走。她看一看客廳，決定把牆上的畫拿下來，把全家人的照片掛上去。她不知道把畫掛在哪裡最好，所以就先把畫拿到臥室去。

　　現在媽媽要做晚飯了，可是她忘了把魚從冰箱裡拿出來了。

例　蛋　　　　●　　　　　　　　　　　　●　廚房桌上

1. 米　　　●

2. 魚　　　●　　　　　　　　　　　　　●　冰箱裡面

3. 畫　　　●

4. 青菜　　●　　　　　　　　　　　　　●　媽媽身上

5. 果汁　　●

6. 錢包　　●　　　　　　　　　　　　　●　臥　室

7. 大衣　　●

8. 毛衣　　●　　　　　　　　　　　　　●　客　廳

9. 沙發　　●

10. 新書桌　●　　　　　　　　　　　　　●　書　房

11. 舊書桌　●

12. 家人的照片　●　　　　　　　　　　　●　不知道

這兩張桌子，搬得進去嗎？

• 小動物上得去上不去<u>？</u>

• 小貓上得去，小狗上不去。

• 這兩張桌子，搬得進去<u>嗎</u>？

• 圓桌，搬不進去。

• 長桌，搬得進去。

把圓桌搬不進去。　╱　把長桌搬得進去。

練習 U30-1 看看圖，用「得」、「不」完成對話

例 回來 → 可以

A：雨很大，你___回得來___嗎？

B：___回得去___。

1. 過去 → 沒辦法

A：我們現在_____嗎？

B：我想可能_____了。

2. 關上 → 沒辦法

A：窗戶_____嗎？

B：壞了，_____。

3. 起來 → 可以

A：明天早上妳_____嗎？

B：一定_____。

4. 帶走 → 沒辦法

A：這些東西，_____？

B：也許_____。

5. 走回去 → 可以

A：你一個人_____嗎？

B：您別擔心，我_____。

6. 騎上去 → 可以

A：這條路，你＿＿＿＿＿＿＿嗎？

B：應該＿＿＿＿＿＿。

7. 開過來 → 沒辦法

A：車子＿＿＿＿＿＿嗎？

B：＿＿＿＿＿＿。

Tips

上、下、進、出、過、回		來 / 去	
起		來	
關、穿、戴……		上	
拿、帶、開……	得 / 不	走	
走、跑、爬、開、騎、搬……		上、下、進、出、過、回	來 / 去
站、跳、拿……		起	來

- 這個房間太小，
- 住<u>不</u>下四個人。

- 我的錢不夠，買<u>不</u>起鋼琴。
- 吉他比較便宜，我買<u>得</u>起。

練習 U30-2 「得」還是「不」？用（　　）裡的詞完成句子

例 (喝)　　我非常渴，＿＿＿喝得下＿＿＿一大瓶水。

1. (喝)　　他很有錢，＿＿＿＿＿＿＿＿＿＿最貴的紅酒。

2. (吃)　　我吃飽了，一口飯都＿＿＿＿＿＿＿＿＿了。

3. (吃)　　那家餐廳價錢不便宜，我們＿＿＿＿＿＿＿＿＿嗎？

4. (寫)　　這張紙很小，＿＿＿＿＿＿＿＿＿這麼多字吧。

5. (開)　　這種車不貴，很多人都＿＿＿＿＿＿＿＿＿。

6. (坐)　　這輛車夠大，＿＿＿＿＿＿＿＿＿六個大人。

7. (租)　　這附近的房子，房租都很貴，我＿＿＿＿＿＿＿＿＿。

8. (穿)　　他胖了，可能＿＿＿＿＿＿＿＿＿一年前買的褲子。

9. (裝)　　這個小盒子＿＿＿＿＿＿＿＿＿一個大西瓜嗎？

10. (付)　　我＿＿＿＿＿＿＿＿＿那麼高的學費，只好念別的學校。

Note

這件襯衫洗得乾淨嗎？

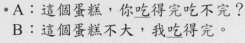

• A：這個蛋糕，你<u>吃得完</u>吃不完？
 B：這個蛋糕不大，我<u>吃得完</u>。

• 小雞<u>長</u>大了。

• A：這件襯衫<u>洗得乾淨</u>嗎？ B：這件衣服我已經洗了三次，還是<u>洗不乾淨</u>。

練習 U31-1　用「好、高、短、飽、滿、對、錯、壞」完成句子

例 吃

他只吃了幾片餅乾，沒 <u>吃飽</u> 。

1. 長

妹妹＿＿＿＿＿＿＿＿了。

2. 坐

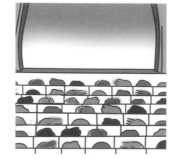

電影院的座位都＿＿＿＿＿＿＿＿＿＿了。

3. 念

這個字，他沒＿＿＿＿＿＿＿＿＿＿。

4. 寫

這個句子，她＿＿＿＿＿＿＿＿＿＿了。

5. 準備

舞會的飲料還沒＿＿＿＿＿＿＿＿＿。

6. 剪

她把頭髮＿＿＿＿＿＿＿＿＿了。

7. 弄

他把眼鏡＿＿＿＿＿＿＿＿＿了。

Tips ✄ ···

你吃飽了沒有？	我吃飽了。 (不餓了)
	我沒吃飽。 (還覺得餓)
十個餃子，你吃得飽吃不飽？	我吃得飽。 (十個水餃 → 夠)
	我吃不飽。 (十個餃子 → 不夠)

• 弟弟走不動了。

• 車站離我家不遠，十分鐘就走得到。

• 買票的人很多，我排了兩個小時的隊才買到。

練習 U31-2　　圈出對的，
再用「好、完、見、到、動、會、飽、懂、清楚、習慣、乾淨」完成句子

例　前面的人都比我高，我看＿＿得 /（不）＿＿＿見＿＿。

1. 這些菜不重，我拿＿＿＿得 / 不＿＿＿　＿＿＿＿＿＿。

2. 這個字很難寫，天明一直寫＿＿＿得 / 不＿＿＿　＿＿＿＿＿＿。

3. 鋼琴不難學，你一定學＿＿＿得 / 不＿＿＿　＿＿＿＿＿＿。

4. 今天的功課太多了，我做＿＿＿得 / 不＿＿＿　＿＿＿＿＿＿。

5. 他吃得很多，一碗麵吃＿＿＿得 / 不＿＿＿　＿＿＿＿＿＿。

6. 教室這麼髒，打掃＿＿＿得 / 不＿＿＿　＿＿＿＿＿＿嗎？

7. 老師教的，他都聽＿＿＿得 / 不＿＿＿　＿＿＿＿＿＿，進步得很快。

8. 奶奶沒戴眼鏡，找＿＿＿得 / 不＿＿＿　＿＿＿＿＿＿她的手錶。

9. 黑板上的字有點兒小，我看＿＿＿得 / 不＿＿＿　＿＿＿＿＿＿。

10. 這裡的天氣跟我們國家差不多，所以我住＿＿＿得 / 不＿＿＿　＿＿＿＿＿＿。

Note

他們坐著聊天

- 門<u>開</u>著。
- 燈<u>關</u>著。
- 他們<u>坐</u>著。他們在聊天。
- ➡ 他們<u>坐</u>著聊天。

練習 U32-1　**看圖，把答案寫在（　　）裡**

A. 站著聽音樂	**B.** 笑著講手機	**C.** 坐著睡覺
D. 躺著看書	**E.** 坐著看報紙	**F.** 哭著找媽媽
G. 笑著說故事	**H.** 站著睡覺	**I.** 躺著聽音樂

例 （ F ）　　　　　　1. (　　　)　　　　　　2. (　　　)

3. (   )

4. (   )

5. (   )

6. (   )

7. (   )

8. (   )

- 他正在穿襯衫。
- 外面(正)<u>下</u>著雨。
- 孩子們<u>唱</u>著歌。
- 他<u>穿</u>著襯衫。

練習 U32-2 看圖，用「拉、看、畫、算、想、寫」＋「著」完成句子

例

文華＿＿算著＿＿錢。

1.

大明＿＿＿＿＿女朋友。

2.

她＿＿＿＿＿窗外的風景。

3.

心美＿＿＿＿＿作業。

4.

英愛＿＿＿＿＿老師。

5.

他＿＿＿＿＿媽媽的衣服。

練習 U32-3 這三個人「穿著、戴著、拿著」什麼？

例 他＿＿＿穿著運動鞋＿＿＿。

1. 他＿＿＿＿＿＿＿。
2. 他＿＿＿＿＿＿＿。
3. 她＿＿＿＿＿＿＿。
4. 她＿＿＿＿＿＿＿。
5. 她＿＿＿＿＿＿＿。
6. 他＿＿＿＿＿＿＿。
7. 他＿＿＿＿＿＿＿。
8. 他＿＿＿＿＿＿＿。

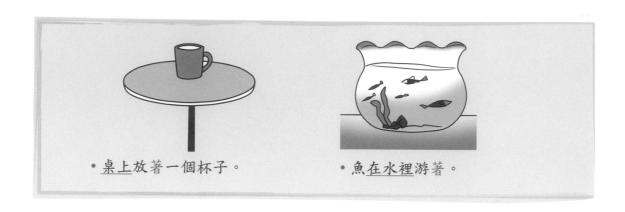

- 桌上放著一個杯子。
- 魚在水裡游著。

練習 U32-4　　重組：寫出對的句子

例　不少客人 / 坐 / 餐廳裡 / 著 →　＿＿＿餐廳裡坐著不少客人＿＿＿。

1. 站 / 一些學生 / 著 / 門口 →＿＿＿＿＿＿＿＿＿＿＿＿＿＿＿＿。

2. 著 / 黑板上 / 好幾個字 / 寫 →＿＿＿＿＿＿＿＿＿＿＿＿＿＿。

3. 雨衣 / 掛 / 牆上 / 著 →＿＿＿＿＿＿＿＿＿＿＿＿＿＿＿＿。

4. 房間裡 / 著 / 躺 / 在 / 他 →＿＿＿＿＿＿＿＿＿＿＿＿＿＿＿。

5. 在 / 等 / 計程車 / 著 / 外面 →＿＿＿＿＿＿＿＿＿＿＿＿＿＿。

Note

我的腳踏車被偷了

• 我的大衣被小貓弄髒了。

(弄髒大衣的是小貓。)

• 他的腳踏車被偷了。

(偷他腳踏車的人不知道是誰。)

Tips

	知道誰做這件事	不知道誰做這件事
S V... O	小貓弄髒了我的大衣。	不知道什麼人偷了他的腳踏車。
O 被 S V...	我的大衣被小貓弄髒了。	他的腳踏車被偷了。
S 把 O V...	小貓把我的大衣弄髒了。	不知道什麼人把他的腳踏車偷了。

練習 U33-1 用「被」寫句子

例 哥哥打了弟弟。 →_____弟弟被哥哥打了_____。

1. 他把別人的飲料喝光了。 →_____

2. 不知道誰拿走了我的書。 →_____

3. 同學把他的課本帶回家了。 →_____

4. 服務生收走了我的湯匙。　　→ ＿＿＿＿＿＿＿＿＿＿＿＿＿＿＿＿

5. 我把電視弄壞了。　　　　　→ ＿＿＿＿＿＿＿＿＿＿＿＿＿＿＿＿

6. 媽媽丟了那些舊衣服。　　　→ ＿＿＿＿＿＿＿＿＿＿＿＿＿＿＿＿

7. 小華把球踢到外面去了。　　→ ＿＿＿＿＿＿＿＿＿＿＿＿＿＿＿＿

8. 警察發現小偷了。　　　　　→ ＿＿＿＿＿＿＿＿＿＿＿＿＿＿＿＿

• 戴(著)眼鏡的那位小姐是我老師，唱(著)歌的這個孩子是她女兒。

• 偷車的可能是穿(著)毛衣的這個年輕人，也可能是正在講手機的那個先生。

Search
他是唱歌的 → U22

練習 U33-2　　看圖，用「……(著)……的……」回答問題

例

王先生　　李小姐

哪位姓王？
　戴(著)帽子的那位先生姓王。

1.

誰比較高？
＿＿＿＿＿＿＿＿＿＿＿＿＿＿＿＿

2.

哪位是林小姐？

3.

哪一個是妳弟弟？

4.

哪個是你同事？

5.

誰是你同學？

- 這個小女孩的頭髮<u>長長</u>的。
- 她今天穿得<u>漂漂亮亮</u>的。

- 他開開心心地喝著香香甜甜的熱巧克力。

練習 U33-3 　　用下面的詞完成句子

請用：圓、飽、慢、舊、酸／甜、矮／胖、辛苦、健康、清楚、安靜、乾淨

例 心怡非常喜歡吃＿＿＿＿酸酸甜甜＿＿＿＿的水果。

1. 小妹妹的臉＿＿＿＿＿＿＿＿＿＿＿＿的，好可愛。

2. 父母都希望孩子們＿＿＿＿＿＿＿＿＿＿＿地長大。

3. 他總是把房間打掃得＿＿＿＿＿＿＿＿＿＿的。

4. 地上有水，別走得太快，＿＿＿＿＿＿＿＿＿＿地走。

5. 他以前＿＿＿＿＿＿＿＿＿的，現在又高又瘦，很不一樣了。

6. 你準備的食物真多，每個人都吃得＿＿＿＿＿＿＿＿＿＿的。

7. 別吵我，我想一個人＿＿＿＿＿＿＿＿＿＿地看書。

8. 那個房子雖然便宜，但是＿＿＿＿＿＿＿＿＿的，我不要租。

9. 戴上眼鏡以後，什麼都看得＿＿＿＿＿＿＿＿＿的。

10. 林先生的太太死了，他一個人＿＿＿＿＿＿＿＿＿＿地照顧孩子。

💡 **Tips** ⋯⋯⋯⋯⋯⋯⋯⋯⋯⋯⋯⋯⋯⋯⋯⋯⋯⋯⋯⋯⋯⋯⋯⋯

熱鬧、乾淨、漂亮⋯⋯	熱熱鬧鬧、乾乾淨淨、漂漂亮亮⋯⋯
休息、參觀、練習⋯⋯	休息休息、參觀參觀、練習練習⋯⋯

天氣越來越熱了

- 天氣越來越熱(了)。

- 文英越來越愛吃包子(了)。

練習 U34-1　看圖，用「越來越……」寫句子

例

奶奶的身體　越來越健康(了)　。

1.

她的頭髮_____

2.

這裡的商店_____

3.

溫度_____

4. 喜歡 / 不喜歡

心美＿＿＿＿＿＿＿＿＿＿＿＿＿＿

5. 會 / 不會

天明＿＿＿＿＿＿＿＿＿＿＿＿＿＿

6. 常 / 不常

一星期兩次　一個月兩次

林先生＿＿＿＿＿＿＿＿＿＿＿＿＿

7. 像 / 不像

小美　媽媽　小美

小美＿＿＿＿＿＿＿＿＿＿＿＿＿＿

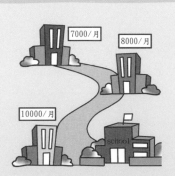

- 雨(下得)越**來**越大(了)。

　雨越下越大(了)。

- 房子離學校越近，房租就越貴。

練習 U34-2　　用 A 跟 B 的詞完成句子（一個詞只能用一次）

A：大、晚、新鮮、走、穿、洗、哭、看 (唱)、寫、聽

B：多 (好)、慢、髒、好吃、大聲、漂亮、熱鬧、喜歡、想睡覺、不聽父母的話

例　一成的中文歌＿＿＿越唱越好＿＿＿了。

1. 天氣冷了，大家的衣服就＿＿＿＿＿＿＿＿＿＿＿了。

2. 小孩子餓了，當然＿＿＿＿＿＿＿＿＿＿＿。

3. 這件衣服怎麼＿＿＿＿＿＿＿＿＿＿＿了。

4. 妹妹的字＿＿＿＿＿＿＿＿＿＿＿。

5. 大家都累了，所以＿＿＿＿＿＿＿＿＿＿＿。

6. 魚＿＿＿＿＿＿＿＿＿＿＿。

7. 這個地方＿＿＿＿＿＿＿＿＿＿＿。

8. 孩子 ＿＿＿＿＿＿＿＿＿＿＿。

9. 那首歌很好聽，我＿＿＿＿＿＿＿＿＿＿＿。

10. 這個電影真無聊，我＿＿＿＿＿＿＿＿＿＿＿。

- 為了我們的環境，
  大家應該少開車。

- 天氣越來越冷了，多穿一件衣服吧。
  外面天氣冷，多穿一點兒(衣服)。

  ➡ 多穿幾件(衣服)。

練習 U34-3　　「多」還是「少」？請完成句子

例　爸爸越來越胖了，他應該　多 / ⑤　吃　一點兒　，⑥ / 少　運動。

1. 我們只有五個人，你買六杯咖啡，__多 / 少__買了_____。

2. 客人很多，我得__多 / 少__包_____水餃。

3. 我很喜歡喝酒，但是太太希望我__多 / 少__喝_____。

4. 我感冒了，醫生要我__多 / 少__休息，__多 / 少__喝水。

5. 做菜的時候__多 / 少__放_____鹽，這樣比較健康。

6. 這裡有十個蘋果，不是八個，你__多 / 少__算了_____。

7. 要是你希望中文進步，應該__多 / 少__練習。

8. 那個老闆應該找我六十塊，可是我只拿到五十塊，他__多 / 少__找了

　　_____給我。

快放假了

(現在還沒放假。)

• 快(要)放假了。

(車子還沒開。)

• 車子快(要)開了。

練習 U35-1　　看圖寫句子

例

快(要)考試了

1.

2.

_____

3.

新年_____

4.

比賽＿＿＿＿＿＿＿＿＿＿＿＿＿＿

5.

盒子＿＿＿＿＿＿＿＿＿＿＿＿＿＿

6.

他們的孩子＿＿＿＿＿＿＿＿＿＿

7.

杯子裡的水＿＿＿＿＿＿＿＿＿＿

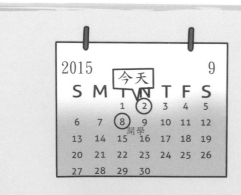

• 就要開學了。

　下個禮拜就(要)開學了。

• 飛機就要起飛了。

　飛機三十分鐘以後就(要)起飛了。

練習 U35-2　　**圈出對的**

例　　快 / 快要 / 就 / 就要　　上課了。

十分鐘以後　快 / 快要 / 就 / 就要　上課了。

1. 天氣好像　　快 / 快要 / 就 / 就要　　變冷了，你應該買件外套。

2. 　快 / 快要 / 就 / 就要　　吃飯了，去把手洗一洗。

3. 三點　快 / 快要 / 就 / 就要　　開會了，你的報告準備好了沒有？

4. 他們認識了三年，下個月　快 / 快要 / 就 / 就要　結婚了。

5. 寒假　快 / 快要 / 就 / 就要　　結束了，小華的作業還沒做完。

6. 她兩個星期以後　快 / 快要 / 就 / 就要　　離開這個公司了。

7. 　快 / 快要 / 就 / 就要　　跟家人見面了，他非常開心。

8. 我們等一下　快 / 快要 / 就 / 就要　　出發了，行李都帶了吧。

Tips

	快 / 快要	放假了。
	就要	
車子	快 / 快要	開了。
	就要	
下個禮拜	就 / 就要	開學了。

- 你開車開得太快了，
  開慢(一)點兒。

- 等一下就要上課了，
  快(一)點兒進教室。
  (現在就應該進教室。)

- 你走得太慢了，
  走快(一)點兒。

練習 U35-3　　用「快」、「慢」完成句子

例　媽媽對他說：「很晚了，別看電視了，___快一點去睡覺___。」

哥哥洗澡洗了半個小時，我只好請他___洗快一點___。

1. 同學們不打掃，一直聊天，我想叫他們_____。

2. 妹妹還在睡覺，我對她說：「 妳要遲到了，_____。」

3. 如果孩子不做功課，父母常常會說：「_____。」

4. 要是你不_____問題，考試就結束了。

5. 他說話說得太快，我對他說：「 請你_____。」

6. 跑步比賽的時候，我希望自己_____。

7. 弟弟寫字寫得太慢了，姐姐告訴他：「_____。」

8. 吃東西不要吃得太快，_____對身體比較好。

第1單元練習　參考答案

練習 U1-1

1. 塊：

2. 個：

3. 隻：

4. 張：

5. 件：

6. 輛：

7. 雙：

8. 條：

9. 枝：

10. 片：

第2單元練習　參考答案

練習 U2-1

1. 那	2. 這些	3. 這	4. 那些	5. 那
6. 這	7. 這些	8. 這	9. 那	10. 那些

練習 U2-2

1. d, l　2. g, k　3. c　4. a, e　5. h, j

第3單元練習　參考答案

練習 U3-1

1. 是　　**2.** 姓　　**3.** 叫/是　　**4.** 是　　**5.** 是

練習 U3-2

1. 叫/是　　**2.** 姓　叫/是　　**3.** 是　嗎　　**4.** 不　不是　　**5.** 是　嗎
6. 姓　不姓　是　不是

練習 U3-3

1. 是　　**2.** 是　嗎　是　是　　**3.** 是　不　不是　姓

練習 U3-4

1. 是美國人嗎　　**2.** 叫明宜嗎　　**3.** 姓王嗎

第4單元練習　參考答案

練習 U4-1

1. Smith　　　Jason　　　美國　　　學生　　　打籃球

練習 U4-2

1. 從　哪　裡/兒/國　來　　**2.** 是　　**3.** 是　不　是　　**4.** 是　哪　國

練習 U4-3

1. 哪　　**2.** ×　　**3.** 誰　　**4.** 誰　　**5.** 是不是　　**6.** 嗎

練習 U4-4

1. 中山一成和王家樂是不是老師？／中山一成和王家樂是老師嗎？

2. 哪兩個人喜歡跳舞？／誰喜歡跳舞？

3. 文英是哪國人？

4. 誰喜歡旅行？

5. 誰從日本來？／一成從哪裡/兒來？

第5單元練習　參考答案

練習 U5-1

略

練習 U5-2

1. 有　　**2.** 有　　沒有

練習 U5-3

1. 有沒有　沒有　沒有　　**2.** 有　沒有　沒有　　**3.** 有　有　有兩個
4. 有沒有　有　有三個　　**5.** 有沒有　有　有四個

練習 U5-4

1. 一成姓中山　　**2.** 天明是學生　　**3.** 家樂從法國來　　**4.** 家樂喜歡旅行

練習 U5-5

1. 有五個孩子，彩芳和志信呢　　**2.** 有兩個弟弟，林心怡呢
3. 從泰國來，天明呢　　**4.** 姓李，家樂呢
5. 喜歡旅行，一成呢

第6單元練習　參考答案

練習 U6-1

1. 是王文華的姊姊　是王秋華的弟弟　　**2.** 是王大同的媽媽　是林文娟的兒子
3. 是王玉華的哥哥　是王偉華的妹妹　　**4.** 是王秋華的爺爺　是王定一的孫女(子)

練習 U6-2

1. 這件襯衫是誰的　　　　　那件襯衫是王文華的
　　這是誰的襯衫　　　　　　那是王文華的襯衫

2. 這個杯子是誰的　　　　　那個杯子是陳美芳的
　　這是誰的杯子　　　　　　那是陳美芳的杯子

3. 這些書是誰的　　　　　　那些書是王秋華的
　　這是誰的書　　　　　　　那些是王秋華的書

4. 這封信是誰的　　　　　　那封信是王大同的
　　這是誰的信　　　　　　　那是王大同的信

5. 這些筆是誰的　　　　　　那些筆是王玉華的
　　這是誰的筆　　　　　　　那些是王玉華的筆

第7單元練習　參考答案

練習 U7-1

1. 幾塊錢　　**2.** 多少(根)　　**3.** 多少錢　　**4.** 幾枝

練習 U7-2

1. 筆，五塊錢一枝　　**2.** 這輛車六十八萬五千四百九十九
3. 外套，一件八百七十五(塊錢/塊/元)
4. 一萬五/那種錶一萬五千(塊錢/塊/元)

練習 U7-3

1. 五千七(百)　　**2.** 六十七萬兩千/六十七萬二　　**3.** 七百二十五萬
4. 一億九千八百四十二萬六千三(百)　　**5.** 三百一十四萬　　**6.** 38,600,000
7. 127,000　　**8.** 210　　**9.** 150,000,000　　**10.** 4590

第8單元練習　參考答案

練習 U8-1

1. 三千零六十　　**2.** 六十六萬三千四百零一　　**3.** 兩萬一千零五
4. 一千八百九十萬零七千　　**5.** 五百萬零九百　　**6.** 2,010,000
7. 106,050　　**8.** 4,003　　**9.** 58,000　　**10.** 700,900

練習 U8-2

1. 五萬六千多　　**2.** 四十多萬/四十幾萬　　**3.** 兩百五十多/兩百五十幾
4. 一百九十七萬多　　**5.** 三千八百多　　**6.** 六十二萬多

練習 U8-3

1. 167　　**2.** 21450；25100　　**3.** 641000　　**4.** 78189　　**5.** 779300
6. 56090；56810

練習 U8-4

1. 一盤多的　　**2.** 六瓶多的　　**3.** 八塊多的　　**4.** 三杯多的
5. 三公斤多的　　**6.** 兩碗多的

第9單元練習　參考答案

練習 U9-1

1. 友成也是英國人　　**2.** 漢思也有手機　　**3.** 友成也沒穿外套
4. 友成也很高　　**5.** 漢思也姓林　　**6.** 漢思也穿白襯衫

練習 U9-2

1. 他們都不想吃餅乾　　**2.** 我們都沒有車　　**3.** 他們都是老師
4. 我們都不覺得冷　　**5.** 她們都有哥哥

練習 U9-3

1. 不都是蘋果　　**2.** 不都是籃球　　**3.** 不都懂中文　　**4.** 不都戴眼鏡

第10單元練習　參考答案

練習 U10-1

1. 那是什麼　　**2.** 你喜歡吃什麼麵　　**3.** 他打算畫什麼　　**4.** 你想唱什麼歌
5. 這些是什麼照片

練習 U10-2

1. 哪裡都有銀行　　**2.** 小華什麼都懂　　**3.** 誰都喜歡漂亮的東西
4. 哪家花店都沒開／哪家花店也沒開　　**5.** 他什麼蛋糕都愛吃

練習 U10-3

1. 他沒(有)多少外國朋友　　**2.** 教室裡沒(有)幾個學生　　**3.** 現在外面沒(有)什麼車
4. 那裡沒(有)幾家商店　　**5.** 這種手機沒(有)多少錢

第11單元練習　參考答案

練習 U11-1

1. 前面　　**2.** 下面　　**3.** 裡面　　**4.** 旁邊　　**5.** 後面　　**6.** 外面

練習 U11-2

1. 蛋糕在冰箱(的)裡面　　**2.** 桌子在沙發(的)前面
3. 報紙在桌子(的)上面　　**4.** 小貓在腳踏車(的)旁邊
5. 沙發在電視(的)對面　　**6.** 棒球在帽子和照片(的)中間

第12單元練習　參考答案

練習 U12-1

1. 是　**2.** 有　**3.** 有　**4.** 是　**5.** 有

練習 U12-2

1. 餐廳　**2.** 超級市場　**3.** 電影院　**4.** 花店　**5.** 書店　**6.** 百貨公司
7. 對面　**8.** 左邊　**9.** 百貨公司　**10.** 超級市場

第13單元練習　參考答案

練習 U13-1

1. 在公園跑步　**2.** 在花店工作　**3.** 在客廳看電視　**4.** 在電影院門口等人
5. 在動物園前面照相

練習 U13-2

1. 他站在沙發旁邊　**2.** 小狗睡在窗戶下面　**3.** 心美住在我家對面
4. 家樂坐在天明和文英(的)中間　**5.** 小鳥停在狗屋上面
6. 他走在我後面

練習 U13-3

1. 我的車停在他家前面　**2.** 飲料放在冰箱裡面　**3.** 他躺在床上看書
4. 我們坐在樹下吃麵包　**5.** 一些人站在教室門口聊天

第14單元練習　參考答案

練習 U14-1

1. 到、來　**2.** 去　**3.** 在、從、到、去　**4.** 到、來、去　**5.** 從
6. 從、去

練習 U14-2

1. 跑到洗手間　**2.** 飛到樹上　**3.** 搬到鄉下　**4.** 回到英國

第15單元練習　參考答案

練習 U15-1

1. 兩點十五(分)/兩點一刻　　　**2.** 七點/七點鐘/七點整
3. 五點四十(分)　　　　　　　**4.** 一點半/一點三十(分)

練習 U15-2

1. 4：55　　**2.** 6：30　　**3.** 11：08　　**4.** 3：58　　**5.** 7：15

練習 U15-3

1. 他早上(上午)九點鐘上中文課　　　**2.** 他下午一點多(鐘)吃午飯
3. 他下午四點半(運動)　　　　　　　**4.** 他晚上九點多上網

練習 U15-4

1. 看一個半鐘頭的電視/看一個半小時的電視
2. 畫兩個鐘頭的畫/畫兩(個)小時的畫
3. 跳四十分鐘的舞
4. 騎一個多鐘頭的腳踏車/騎一個多小時的腳踏車

第16單元練習　參考答案

練習 U16-1

1. 下星期五是九月十八號　　　**2.** 這個月的第二個星期六是十二號
3. 昨天星期一 ； 明天星期三　　**4.** 上個月是八月 ； 下個月是十月
5. 去年是2014年 ； 明年是2016年

練習 U16-2

1. 我還沒喝(牛奶)　　**2.** 小美已經回家了／她已經回家了
3. 小明吃了十五個(餃子)／他吃了十五個(餃子)　　**4.** 他休息了三天
5. 我在北部住了六個月／我在北部住了半年　　**6.** 我 哪兒/哪裡/什麼地方 都/也 沒去

練習 U16-3

1. 已經到美國去了　　**2.** 去年五月買了一輛新車　　**3.** 上個週末到哪裡去玩了
4. 小時候在英國住了兩年半　　**5.** 去日本玩了一個多月

第17單元練習　參考答案

練習 U17-1

1. 她在畫畫
2. 他們在笑
3. 她在打電話
4. 他們在排隊
5. 他們在踢足球
6. 他們在上網
7. 他在買菜
8. 他在洗澡

練習 U17-2

1. 他們有的(在)打籃球，有的(在)打棒球
2. 他們有的(在)游泳，有的(在)喝飲料
3. 他一邊開車，一邊聽音樂
4. 他們有的(在)看書，有的(在)休息
5. 他們一邊走路，一邊聊天

練習 U17-3

1. 林心怡上個週末買了一條新裙子。
2. 他們已經講了四十幾分鐘(的)話了。
3. 弟弟已經念了六課書了。
4. 他們今天早上打了兩個半小時(的)籃球。
5. 林學友已經喝了五杯茶了。
6. 大明上個星期請了兩天(的)假。

第18單元練習　參考答案

練習 U18-1

1. 這四個字怎麼念
2. 這種手機怎麼用
3. 這個窗戶怎麼開
4. 筷子怎麼拿
5. 這首歌怎麼唱

練習 U18-2

1. 還是；或是
2. 或是
3. 還是

練習 U18-3

1. 她是跟男朋友一起回去的
2. 他們是上個星期回去的
3. 他們是坐飛機回法國的
4. 不，她是回去工作的

練習 U18-4

1. 他們是去做什麼的
2. 這張相片是在哪裡照的
3. 他們是什麼時候去的
4. 那件衣服是誰買的
5. 那件衣服是在 哪兒/哪裡 買的
6. 那是 哪一年/什麼時候 買的

第19單元練習　參考答案

練習 U19-1

1. 地鐵站離醫院很遠。　**2.** 銀行離電影院有一點遠。　**3.** 郵局離銀行很近。
4. 公園離郵局和銀行都不太遠。

練習 U19-2

1. 緊(張)不緊張　**2.** 對不對　**3.** 方(便)不方便　**4.** 吃不吃
5. 參(加)不參加

練習 U19-3

1. 百貨公司　**2.** 動物園　**3.** 火車站
4. 往前面一直走，過了一條馬路，在第二個十字路口右轉，公園在她的右手邊。
(她也可以)在前面的路口右轉，到了第一個十字路口往左轉，再走一會兒，公園
就在她的左手邊。

第20單元練習　參考答案

練習 U20-1

1. 聽過　**2.** 沒坐過　**3.** 吃過　**4.** 爬過　**5.** 沒見過

練習 U20-2

1. 又舊又髒　**2.** 又苦又難喝　**3.** 又安全又乾淨　**4.** 又新鮮又便宜
5. 又無聊又沒意思

練習 U20-3

1. 他們先騎腳踏車，再游泳　　**2.** 奶奶先下車，心怡再下車
3. 小芳先寄信，再吃飯　　**4.** 他們先唱歌，再跳舞
5. 明華先教大成中文，大成再教明華日文

第21單元練習　參考答案

練習 U21-1

1. 的時候　2. 以前　3. 以後　4. 以前　5. 的時候　6. 以後

練習 U21-2

1. 會(開)了/(她)會開車了　2. 懂了　3. 沒(有)了　4. 不愛了
5. 他 發燒/感冒/生病 了

練習 U21-3

1. 貴了七塊錢/貴了好多/貴了好幾塊(錢)　2. 瘦了兩公斤/瘦了一點兒
3. 多了好多/多了很多/多了好幾間　4. 少了一個
5. 高了三公分/高了一點兒

第22單元練習　參考答案

練習 U22-1

1. 跳舞的　2. 畫畫的　3. 開車的　4. 做衣服的　5. 賣報的

練習 U22-2

1. 小芳做的　2. 我朋友租的　3. 那個人偷的　4. 小華買的
5. 王大同寫的

練習 U22-3

1. 他的足球，踢得不怎麼好　2. 張文中開車，開得太快了
3. 那家餐廳，魚做得很好吃　4. 文英說故事，說得真有趣
5. 我們昨天的會，開得很成功　6. 李老師，語法教得非常清楚

練習 U22-4

1. 奶奶的身體健康得很　2. 這個問題簡單極了　3. 想學中文的人多得不得了
4. 這本字典有用得很　5. 美美哭得傷心得不得了　6. 這個房間打掃得乾淨極了
7. 我們在日本玩得高興得很　8. 她考試，考得好極了

第23單元練習　參考答案

練習 U23-1

1. 矮的住樓上　**2.** 瘦的姓林　**3.** 我想穿舊的　**4.** 我要買圓的
5. 年輕的是我同事

練習 U23-2

1. 有沒有長一點的／有長一點的嗎　**2.** 有沒有近一點的／有近一點的嗎
3. 有沒有甜一點的／有甜一點的嗎　**4.** 有沒有乾淨一點的／有乾淨一點的嗎
5. 有沒有新鮮一點的／有新鮮一點的嗎

練習 U23-3

1. 比較　**2.** 最　**3.** 比較　**4.** 更　**5.** 最　**6.** 更

練習 U23-4

1. 這兩杯咖啡，冰的貴。　**2.** 這兩盤菜，小明的辣。
3. 這兩枝筆，短的新。　**4.** 右邊的年紀最大。　**5.** 胖的跑得比較快。

第24單元練習　參考答案

練習 U24-1

1. 跟昨天一樣熱　**2.** 跟那條不一樣長　**3.** 跟媽媽做的一樣好吃
4. 跟坐飛機一樣快　**4.** 跟那瓶不一樣多

練習 U24-2

1. 城市比鄉下熱鬧得多。　**2.** 紅茶比果汁多一杯。　**3.** 弟弟比哥哥矮一點兒。
4. 王玉華比王秋華小六歲。　**5.** 山上比海邊涼快多了。

練習 U24-3

1. T　**2.** T　**3.** F　**4.** T　**5.** F

練習 U24-4

1.

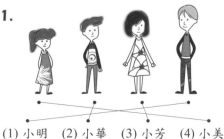

(1) 小明　(2) 小華　(3) 小芳　(4) 小美

第25單元練習　參考答案

練習 U25-1

1. 小明一本書 都/也 沒買。
2. 我一句法國話 都/也 不會說。 ╱ 我一點兒法國話 都/也 不會說。
3. 教室裡一個人 都/也 沒有。
4. 他一塊錢 都/也 沒有。 ╱ 他一點兒錢 都/也 沒有。
5. 心美一點兒酒 都/也 不能喝。

練習 U25-2

1. 弟弟的房間一點兒 都/也 不髒。　　2. 姐姐新買的裙子一點兒 都/也 不貴。
3. 那家餐廳做的魚一點兒 都/也 不好吃。　4. 這座橋一點兒 都/也 不危險。
5. 奶奶一點兒 都/也 不老。

練習 U25-3

1. 心美一喝酒，就不舒服。　　　2. 秋華一畢業，就找到工作(了)。
3. 學生一看到老師，就安靜(了)。　4. 天明一緊張，就想上廁所。
5. 文英一下課，就去圖書館(了)。　6. 孩子一哭，媽媽就著急。
7. 妹妹一唱歌，爺爺就開心。

練習 U25-4

1. 文華睡得比偉華久。　　　2. 小芳沒有我跳得(這麼)高。
3. 我考得不像小美那麼好。　4. 弟弟跟哥哥吃得一樣多。
5. 王先生比林先生跑得慢。　6. 文英來得沒有秋子(那麼)早。

第26單元練習　參考答案

練習 U26-1

1. 就　2. 才　3. 才　4. 就　5. 才　6. 才　7. 就　8. 才、就
9. 就、才　10. 就、才

練習 U26-2

1. 下了班，就回家。　　2. 寄了信，才(要)去銀行。
3. 換了衣服，(馬上)就去電影院。　4. 打很久的電腦，才睡覺。
5. 下了課，就去游泳(了)。

練習 U26-3

1. 才　2. 就　3. 就　4. 才　5. 才

第27單元練習　參考答案

練習 U27-1

1. 一/每(個)星期上三次中文課
   每/一 次上兩個 鐘頭/小時
2. (每)三天騎一次腳踏車
   每/一 次騎五公里
3. 一/每 個月做一次餃子
   一/每 次做幾十個

練習 U27-2

1. 玉華把頭髮剪了。　　　　2. 哥哥把姊姊的蛋糕吃了。
3. 我打算把這瓶酒送給他。　4. 明天記得把房間打掃打掃。
5. 你沒把這個故事說給他聽嗎？6. 你別把爸爸的茶喝了。
7. 你們把那個句子念兩遍。　8. 我忘了把那封信寄給秋子。
9. 家樂把畫拿給天明看。　　10. 你應該把作業寫一寫。
11. 姐姐不把自行車借給我。　12. 她把男朋友介紹給父母認識。

第28單元練習　參考答案

練習 U28-1

1. 上　2. 出　3. 過　4. 上　5. 進　6. 起　7. 下　8. 回

練習 U28-2

1. 去　2. 來　3. 去　4. 來　5. 來

練習 U28-3

1. 過、來　2. 進、去　3. 上、來　4. 回、去　5. 出、來
6. 過、去　7. 進、來　8. 起、來　9. 上、去　10. 下、去

第29單元練習　參考答案

練習 U29-1

1. 她把手上的東西放下。　　**2.** 美美想馬上把生日禮物打開。
3. 哥哥把我新買的手機帶走了。　　**4.** 他請人把那個舊冰箱搬走了。
5. 你應該把女朋友送你的帽子戴上。

練習 U29-3

1. 姊姊沒把手機放進皮包。　　**2.** 別忘了把課本帶回家來。
3. 他常把襯衫放在沙發上。　　**4.** 請你把洗衣機搬到浴室去。
5. 可不可以請你把黑板拿上樓去？

練習 U29-2

1. 米
2. 魚
3. 畫
4. 青菜
5. 果汁
6. 錢包
7. 大衣
8. 毛衣
9. 沙發
10. 新書桌
11. 舊書桌
12. 家人的照片

廚房桌上
冰箱裡面
媽媽身上
臥　室
客　廳
書　房
不知道

第30單元練習　參考答案

練習 U30-1

1. 過得去；過不去　　**2.** 關得上；關不上　　**3.** 起得來；起得來
4. 帶得走；帶不走　　**5.** 走得回去；走得回去　　**6.** 騎得上去；騎得上去
7. 開得過來；開不過去

練習 U30-2

1. 喝得起　　**2.** 吃不下　　**3.** 吃得起　　**4.** 寫不下　　**5.** 開得起　　**6.** 坐得下
7. 租不起　　**8.** 穿不下　　**9.** 裝得下　　**10.** 付不起

第31單元練習　參考答案

練習 U31-1

1. 長高　**2.** 坐滿　**3.** 念對　**4.** 寫錯　**5.** 準備好　**6.** 剪短　**7.** 弄壞

練習 U31-2

1. 得、動　**2.** 不、好　**3.** 得、會　**4.** 不、完　**5.** 不、飽
6. 得、乾淨　**7.** 得、懂　**8.** 不、到　**9.** 不、清楚　**10.** 得、習慣

第32單元練習　參考答案

練習 U32-1

1. G　**2.** E　**3.** A　**4.** C　**5.** D　**6.** B　**7.** I　**8.** H

練習 U32-2

1. 想著　**2.** 畫著　**3.** 寫著　**4.** 看著　**5.** 拉著

練習 U32-3

1. 戴著帽子　**2.** 拿著籃球　**3.** 穿著外套　**4.** 戴著手錶　**5.** 拿著皮包
6. 戴著眼鏡　**7.** 拿著牙刷　**8.** 穿著牛仔褲(長褲)

練習 U32-4

1. 門口站著一些學生　**2.** 黑板上寫著好幾個字　**3.** 牆上掛著雨衣
4. 他在房間裡躺著　**5.** 計程車在外面等著

第33單元練習　參考答案

練習 U33-1

1. 別人的飲料被他喝光了。
2. 我的書被拿走了。(我的書不知道被誰拿走了。)
3. 他的課本被同學帶回家了。
4. 我的湯匙被服務生收走了。
5. 電視被我弄壞了。
6. 那些舊衣服被媽媽丟了。
7. 球被小華踢到外面去了。
8. 小偷被警察發現了。

練習 U33-2

1. 拿(著)籃球的那個人比較高。
2. 打(著)電腦的那位小姐就是林小姐。
3. 穿外套的那個小男孩是我弟弟。
4. 唱(著)歌的那個女孩子是我同事。
5. 看書的那兩個人都是我同學。

練習 U33-3

1. 圓圓
2. 健健康康
3. 乾乾淨淨
4. 慢慢
5. 矮矮胖胖
6. 飽飽
7. 安安靜靜
8. 舊舊
9. 清清楚楚
10. 辛辛苦苦

第34單元練習　參考答案

練習 U34-1

1. 越來越長(了)。
2. 越來越多(了)。
3. 越來越高(了)。
4. 越來越喜歡跳舞(了)。
5. 越來越會做菜(了)。
6. 越來越不常運動(了)。
7. 越來越像(她)媽媽(了)。

練習 U34-2

1. 越穿越多
2. 越哭越大聲
3. 越洗越髒
4. 越寫越漂亮
5. 越走越慢
6. 越新鮮越好吃
7. 越晚越熱鬧
8. 越大越不聽父母的話
9. 越聽越喜歡
10. 越看越想睡覺

練習 U34-3

1. 多、一杯
2. 多、一點兒/幾個/一些
3. 少、一點兒/一杯/幾杯
4. 多、多
5. 少、一點兒
6. 少、兩個
7. 多
8. 少、十塊(錢)

第35單元練習　參考答案

練習 U35-1

1. 快(要)八點了。 2. 快(要)下雨了。 3. 快(要)到了。
4. 快(要)開始了。 5. 快(要)掉下來了。 6. 快(要)出生了。
7. 快(要)滿了。

練習 U35-2

1. 快 / 快要 / 就要 2. 快 / 快要 / 就要 3. 就 / 就要 4. 就 / 就要
5. 快 / 快要 / 就要 6. 就 / 就要 7. 快 / 快要 / 就要 8. 就 / 就要

練習 U35-3

1. 快(一)點兒打掃 2. 快(一)點兒 起床/起來
3. 快(一)點兒做功課 4. 快(一)點兒回答 5. 說慢一點兒
6. 跑快一點兒 7. 寫快一點兒 8. 吃慢一點兒

華語文閱讀測驗
Test of Chinese as a Foreign Language

入門基礎級模擬練習題（第一回）

Band A

作答注意事項 Directions:

一、這個題本一共有 50 題，考試時間為 60 分鐘。

You have 60 minutes to work on this test. There are a total of 50 test items.

二、所有的答案必須寫在答案卡上，寫在題本上的答案將不算成績。

You must indicate your answers ON THE ANSWER SHEET. Answers written on the question booklet will not be graded.

三、請選出一個正確答案，而且只有一個正確答案。

Please select only ONE answer from the possible answers.

四、考試開始以後，不可以離開考試的教室。如果有問題的話，請舉手，監試人員會過去幫助你。

Once the test begins, you may not leave the test room. If you have any questions, please raise your hand. The test proctor will help you.

五、考試結束，請將題本和答案卡放在桌上。等監試人員收卷、清點完以後，才可以離開。

When the test is over, please put your question booklet and answer sheet on the desk. You may not leave your seat until papers have been collected and you have been asked to leave.

第一部分
Part One

（第 1～10 題）

說明：在這個部分，你會看到一個句子和 (A)(B)(C) 三張圖片。請根據句子的意思。從三張圖片中選出與句子意思相符的圖片。

Directions: For each test item, you will see one sentence and three pictures (A), (B), and (C). Please choose the picture that best describes the sentence.

例題如下 Example：

你會看到一句話和三張圖片：
You will see one sentence and three pictures.

1. 他是一個老師。

(A)   (B)   (C)

這一題答案是 (B)，請把答案卡上第一題 (B) 下面的空格塗黑塗滿。

The correct answer to this test item is (B). Please fill in the corresponding rectangle on your answer sheet.

1.　　A　　B　　C

（第一回　第一部分　1～10題）

1　他走路去上課。

(A) 　　　(B) 　　　(C)

2. 大明的頭髮長長的，沒戴眼鏡。

(A) 　　　(B) 　　　(C)

3. 他已經買了一條褲子了，還想再買一雙鞋。

(A) 　　　(B) 　　　(C)

4. 新桌子就放在沙發旁邊吧。

(A) 　　　(B) 　　　(C)

5. 我有一個哥哥一個姐姐，這是他們的相片。

(A) 　　　(B) 　　　(C)

6. 她看著窗戶外面的風景。

(A) 　　　(B) 　　　(C)

7. 小美把自己的名字寫在黑板上。

(A) 　　　(B) 　　　(C)

8. 哥哥什麼球都不會，但是他喜歡看棒球比賽。

(A) 　　　(B) 　　　(C)

9.他平常都十點半以前睡覺，可是昨天晚了一個小時才睡。

(A) 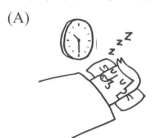　(B) 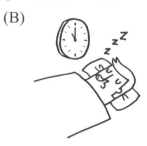　(C)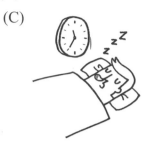

10.他洗車的時候喜歡聽音樂。

(A)　(B)　(C)

第二部分
Part Two

（第 11～30 題）

說明：在這個部分，你會看到一張圖片。請根據圖片，從 (A)(B)(C)三個選
　　　項中選出與圖片內容相符的句子。

Directions: For each test item, you will see a picture. Please choose one sentence (A), (B), or (C) that best describes the picture.

例題如下 Example：

你會看到一張圖片和三個句子：

You will see one picture and three sentences.

2. (A) 他在休息。
　 (B) 他正看著書。
　 (C) 他正在寫作業。

這一題答案是 (A).，請把答案卡上第一題 (A) 下面的空格塗黑塗滿。

The correct answer is (A). Please fill in the corresponding rectangle on your answer sheet.

2. 　A　　B　　C

（第一回　第二部分　11～30題）

11.

(A) 桌上有四枝筆、三本書。
(B) 桌上有四本書、三枝筆。
(C) 桌上有三本書、兩枝筆。

12.

(A) 春天到了。
(B) 天氣變冷了。
(C) 溫度越來越高了。

13.

(A) 這個照相機賣兩千八。
(B) 這個照相機只要兩千多。
(C) 這個照相機沒有兩千塊那麼貴。

14.

(A) 小貓追著車。
(B) 小狗跟小貓玩。
(C) 車子停在門口。

15.

(A) 我們白天騎車，晚上唱歌。

(B) 我們白天游泳，晚上騎車。

(C) 我們白天唱歌，晚上跳舞。

16.

(A) 手錶在錢包旁邊。

(B) 手錶在錢包下面。

(C) 手錶在錢包上面。

17.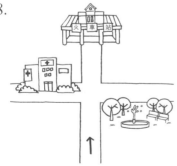

(A) 哥哥沒有我高。

(B) 我跟哥哥一樣高。

(C) 哥哥比我高。

18.

(A) 你往前走一會兒，公園就在你的左邊。

(B) 你往前走，過了十字路口右轉，火車站就在
前面。

(C) 過了十字路口往左轉，再往前走一會兒，就
到醫院了。

19.

    (A) 他們在買家具。

    (B) 他們準備搬家。

    (C) 他們打算去旅行。

20.

    (A) 他做好飯了。

    (B) 他打算洗菜。

    (C) 他正在煮飯。

21.

    (A) 這裡沒多少房子。

    (B) 餐廳旁邊停了幾輛車。

    (C) 有一些人站在車子後面。

22.

    (A) 他坐飛機到台南。

    (B) 他坐計程車去機場。

    (C) 他一到機場就坐上計程車。

23.

    (A) 長頭髮的小姐穿著裙子。

    (B) 短頭髮的小姐拿著手機。

    (C) 穿裙子的小姐在看時間。

24.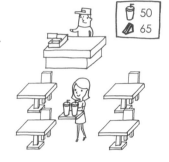

    (A) 他們沒賣三明治。

    (B) 店裡一個客人都沒有。

    (C) 這位小姐買了兩杯飲料。

25.

    (A) 這家店每天休息兩個鐘頭。

    (B) 這家店下午兩點以後才開門。

    (C) 這家店下午四點以後就關門。

26.

    (A) 今天雨很大，也很冷。

    (B) 今天雨很大，可是不太冷。

    (C) 今天不太冷，可是風很大。

27.

(A) 他們不都坐著。

(B) 教室的門關著。

(C) 好幾個人站在門口。

28.

$60

$80　　　　$450

(A) 炒麵比餃子貴得多。

(B) 牛排比炒麵貴一點。

(C) 餃子比牛排便宜多了。

29.

(A) 他一個星期只打一次籃球。

(B) 他星期一到星期三早上游泳。

(C) 他星期二和星期四晚上踢足球。

30.

(A) 王文書想學吉他。

(B) 王文書是吉他老師。

(C) 想學吉他的人可以打電話。

第三部分
Part Three

（第 31～40 題）

說明：在這個部分，每個題組會有一張情境圖片，圖片下面有五個句子，請根據圖片情境，選出最合適的答案。

Directions: In each section, there are one picture and five sentences. Please choose one sentence that best describes the picture.

例題如下 Example：

你會看到一張圖片和五個句子：
You will see one picture and sentences.

1. 今天是小男孩＿＿＿＿＿＿的生日。
   (A)六歲　　(B)六年　　(C)六個
2. 家人一起＿＿＿＿＿＿小男孩的生日。
   (A)介紹　　(B)歡迎　　(C)慶祝
3. 他今天非常＿＿＿＿＿＿。
   (A)喜歡　　(B)高興　　(C)有趣
4. 大家都＿＿＿＿＿＿他禮物。
   (A)給　　(B)寄　　(C)拿
5. 他＿＿＿＿＿＿想做警察。
   (A)現在　　(B)以前　　(C)以後

第一題答案是 (A).，請把答案卡上第一題 (A) 下面的空格塗黑塗滿。

The correct answer is (A). Please fill in the corresponding rectangle on your answer sheet.

1.　A　B　C

（第一回　第三部分　31～40題）

31. 他們坐在咖啡館＿＿＿＿＿＿。
   (A) 旁邊
   (B) 附近
   (C) 裡面

32. 桌上有＿＿＿＿＿＿。
   (A) 湯匙
   (B) 刀叉
   (C) 筷子

33. 他們＿＿＿＿＿＿吃蛋糕。
   (A) 沒
   (B) 忘了
   (C) 正在

34. 小狗躺＿＿＿＿＿＿休息。
   (A) 在
   (B) 著
   (C) 到

35. 小狗＿＿＿＿＿＿這位小姐的。
   (A) 跟
   (B) 是
   (C) 像

36. 現在_____八點了。

　　(A) 還沒

　　(B) 快要

　　(C) 剛剛

37. 這個運動節目很早_____開始了。

　　(A) 才

　　(B) 再

　　(C) 就

38. 這次的比賽很_____。

　　(A) 緊張

　　(B) 生氣

　　(C) 危險

39. 一號_____二號跑得一樣快。

　　(A) 跟

　　(B) 比

　　(C) 也

40. 他們_____看電視_____吃東西。

　　(A) 越……越……

　　(B) 有的……有的……

　　(C) 一邊……一邊……

第四部分
Part Four

（第 41～50 題）

說明：在這個部分，你會看到一段短文，短文中有五個空格，短文下方有六
　　　個選項。請根據短文的上下文，選出最適合該空格的答案。注意，一
　　　個選項只能用一次。

Directions: In Part Four, you are required to read a short passage. The passage has five blanks. Six possible options for the blanks are provided. Please choose one option for each blank that best fits the meaning of the sentence as a whole. **Note: Each option can only be used once.**

例題如下 Example：

你會看到一段短文和六個選項：
You will see one short passage and six options.

　　我姐姐_____(1)_____。因為我們_____(2)_____，所以常常一起出國玩。去年夏天，我們去了法國八天，那裏的天氣_____(3)_____，非常舒服。旅行的時候，我們看到很多_____(4)_____，也照了很多照片，_____(5)_____

(A)	玩得很高興
(B)	比我大三歲
(C)	漂亮的風景
(D)	不冷也不熱
(E)	雖然常常下雪
(F)	都很喜歡旅行

第一題答案是 (B)，請把答案卡上第一題 (B) 下面的空格塗黑塗滿。

The correct answer to Question 1 is (B). Please fill in the corresponding rectangle on your answer sheet.

1.　　A　　B　　C　　D　　E　　F
　　　▭　　▬　　▭　　▭　　▭　　▭

（第一回　第四部分　41～50題）

　　我叫王美英，是_____(41)_____。我喜歡聽音樂、運動，也喜歡_____(42)_____，可是做得不太好吃。在法國的時候，我_____(43)_____，覺得很有意思。這是我第一次_____(44)_____，我希望認識_____(45)_____。

(A)　做菜

(B)　來這裡

(C)　二十歲

(D)　很多朋友

(E)　從法國來的

(F)　學過三個月的中文

　　林大同昨天騎摩托車，_____(46)_____的時候，一位警察請他_____(47)_____。那位警察告訴大同他現在還_____(48)_____，不是因為他_____(49)_____，是因為大同年紀太小。在這個國家，你得_____(50)_____才可以騎摩托車。

(A)　騎得太快

(B)　不可以騎車

(C)　十八歲以後

(D)　經過一個路口

(E)　路上車子很多

(F)　把摩托車停在路邊

華語文閱讀測驗
Test of Chinese as a Foreign Language
入門基礎級模擬練習題（第二回）
Band A

作答注意事項 Directions:

一、這個題本一共有 50 題，考試時間為 60 分鐘。

You have 60 minutes to work on this test. There are a total of 50 test items.

二、所有的答案必須寫在答案卡上，寫在題本上的答案將不算成績。

You must indicate your answers ON THE ANSWER SHEET. Answers written on the question booklet will not be graded.

三、請選出一個正確答案，而且只有一個正確答案。

Please select only ONE answer from the possible answers.

四、考試開始以後，不可以離開考試的教室。如果有問題的話，請舉手，監試人員會過去幫助你。

Once the test begins, you may not leave the test room. If you have any questions, please raise your hand. The test proctor will help you.

五、考試結束，請將題本和答案卡放在桌上。等監試人員收卷、清點完以後，才可以離開

When the test is over, please put your question booklet and answer sheet on the desk. You may not leave your seat until papers have been collected and you have been asked to leave.

第一部分
Part One

（第 1～10 題）

說明：在這個部分，你會看到一個句子和 (A)(B)(C) 三張圖片。請根據句子的意思。從三張圖片中選出與句子意思相符的圖片。

Directions: For each test item, you will see one sentence and three pictures (A), (B), and (C). Please choose the picture that best describes the sentence.

例題如下 Example：

你會看到一句話和三張圖片：
You will see one sentence and three pictures.

1. 他是一個老師。

  (A)   (B)   (C)

這一題答案是 (B)，請把答案卡上第一題 (B) 下面的空格塗黑塗滿。

The correct answer to this test item is (B). Please fill in the corresponding rectangle on your answer sheet.

1.   A   B   C

（第二回　第一部分　1～10題）

1. 今天是晴天。

(A)   (B)   (C)

2. 這個周末我想去游泳。

(A)   (B)   (C)

3. 他在旅館門口等車。

(A)   (B)   (C)

4. 這種帽子沒有六百元那麼便宜。

(A)   (B)   (C)

5. 在前面的十字路口右轉，再走一會兒，就到超市了。

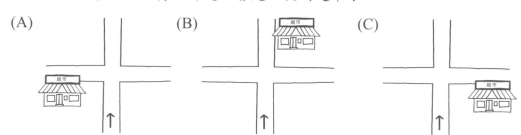

(A)　　　　　　(B)　　　　　　(C)

6. 我的杯子比小美的大，可是沒有小文的那麼大。

(A)　　　　　　(B)　　　　　　(C)

7. 哥哥跟他女朋友出去吃飯了。

(A)　　　　　　(B)　　　　　　(C)

8. 我們星期一下午兩點到三點上音樂課。

(A)　　　　　　(B)　　　　　　(C)

9. 沒什麼人在看書。

(A)  (B)  (C)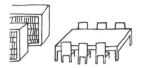

10. 我把蛋糕從冰箱裡拿出來了。

(A) 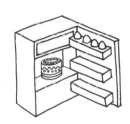 (B) 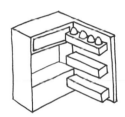 (C)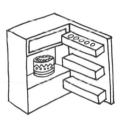

第二部分
Part Two

（第 11～30 題）

說明：在這個部分，你會看到一張圖片。請根據圖片，從 (A)(B)(C)三個選
項中選出與圖片內容相符的句子。

Directions: For each test item, you will see a picture. Please choose one sentence (A), (B), or (C) that best describes the picture.

例題如下 Example：

你會看到一張圖片和三個句子：

You will see one picture and three sentences.

2. (A) 他在休息。

    (B) 他正看著書。

    (C) 他正在寫作業。

這一題答案是 (A)，請把答案卡上第一題 (A) 下面的空格塗黑塗滿。

The correct answer is (A). Please fill in the corresponding rectangle on your answer sheet.

2.   A   B   C

（第二回　第二部分　11～30題）

11.

(A) 她很難過。
(B) 她很生氣。
(C) 她很開心。

12.

(A) 他用叉子吃飯。
(B) 他用筷子吃麵。
(C) 他用叉子吃麵。

13.

(A) 她在旅館工作。
(B) 她在醫院工作。
(C) 她在餐廳工作。

14.

(A) 她戴著眼鏡。
(B) 眼鏡在桌上放著。
(C) 她把眼鏡放在電腦上。

15.

(A) 這裡有三種青菜。

(B) 這裡有三種水果。

(C) 這裡有青菜，也有水果。

16.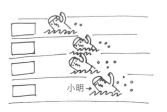

(A) 小明游得最慢。

(B) 小明游得比別人快。

(C) 他們都游得比小明慢。

17. 16:30

(A) 我喜歡早上到公園跑步。

(B) 我常和朋友一起到公園打球。

(C) 我每天都和朋友到公園去運動。

18.

(A) 這個房間很乾淨。

(B) 這個房間又舊又髒。

(C) 這個房間常常打掃。

19.

(A) 那位小姐拿著一瓶水。

(B) 他們在等七十六號公車。

(C) 穿短褲的先生拿著水果。

20.

(A) 這件外套他穿不下。

(B) 這件外套他買不起。

(C) 這件外套他不能換。

小美

21.

(A) 小美家有爸爸和媽媽。

(B) 小美家有媽媽和姊姊。

(C) 小美家有媽媽和弟弟。

22.

(A) 他的錶慢了。

(B) 他的錶快了。

(C) 他的錶晚了。

23.

(A) 她覺得很冷。

(B) 她覺得很涼快。

(C) 她覺得太熱了。

24.

(A) 他還沒買青菜。

(B) 他打算買水果。

(C) 他已經買了肉了。

25.

(A) 每個人都生病了。

(B) 沒幾個人要看病。

(C) 等著看病的人不少。

26.

(A) 他們把衣服放在床上。

(B) 他們把床搬到房間裡。

(C) 他們把畫掛在房間的牆上。

27.

(A) 到博物館要坐69號公車。
(B) 到動物園要坐301號公車。
(C) 到圖書館要坐258號公車。

28.

(A) 李先生什麼行李都沒帶。
(B) 李先生是下午三點多到的。
(C) 在這裡住一晚要兩千多塊錢。

29.

成績單	
學生姓名：林大同	
英文	86
數學	91
歷史	90

(A) 林大同的英文最好。
(B) 林大同的英文沒有歷史好。
(C) 林大同的數學跟歷史一樣好。

30.

歌舞劇

場次票價/

場次票價/
15:00~17:30
300元 / 400元 / 500元
20:00~22:30
400元 / 500元 / 600元

(A) 晚上的票都比下午的貴。
(B) 買兩張票，最少要700元。
(C) 這個表演要看兩個半鐘頭。

第三部分
Part Three

（第 31～40 題）

說明：在這個部分，每個題組會有一張情境圖片，圖片下面有五個句子，請根據圖片情境，選出最合適的答案。

Directions: In each section, there are one picture and five sentences. Please choose one sentence that best describes the picture.

例題如下 Example：

你會看到一張圖片和五個句子：
You will see one picture and sentences.

1. 今天是小男孩＿＿＿＿＿＿的生日。
   (A)六歲　　(B)六年　　(C)六個
2. 家人一起＿＿＿＿＿＿小男孩的生日。
   (A)介紹　　(B)歡迎　　(C)慶祝
3. 他今天非常＿＿＿＿＿＿。
   (A)喜歡　　(B)高興　　(C)有趣
4. 大家都＿＿＿＿＿＿他禮物。
   (A)給　　(B)寄　　(C)拿
5. 他＿＿＿＿＿＿想做警察。
   (A)現在　　(B)以前　　(C)以後

第一題答案是 (A).，請把答案卡上第一題 (A) 下面的空格塗黑塗滿。

The correct answer is (A). Please fill in the corresponding rectangle on your answer sheet.

1.　A　B　C

（第二回　第三部分　31～40題）

31. 這位_____著帽子的先生叫王大同。
    (A) 穿
    (B) 戴
    (C) 帶

32. 朋友_____王先生一本書。
    (A) 送
    (B) 買
    (C) 寄

33. 他今天_____到這本書了。
    (A) 借
    (B) 用
    (C) 收

34. 王先生很_____這本書。
    (A) 歡迎
    (B) 謝謝
    (C) 喜歡

35. 這本書_____「學好中文」。
    (A) 叫
    (B) 念
    (C) 寫

36. 他們今天剛搬＿＿＿＿＿＿這裡。
    (A) 去
    (B) 來
    (C) 走

37. 他們有不少＿＿＿＿＿＿。
    (A) 花園
    (B) 鄰居
    (C) 家具

38. 搬家公司的人＿＿＿＿＿＿搬桌子＿＿＿＿＿＿搬椅子。
    (A) 先……再……
    (B) 本來……後來……
    (C) 有時候……有時候……

39. 他們還沒＿＿＿＿＿＿冰箱搬進去 。
    (A) 拿
    (B) 把
    (C) 被

40. 這個地方的空氣很＿＿＿＿＿＿。
    (A) 安靜
    (B) 溫暖
    (C) 新鮮

第四部分
Part Four

（第 41～50 題）

說明：在這個部分，你會看到一段短文，短文中有五個空格，短文下方有六
　　　個選項。請根據短文的上下文，選出最合該空格的答案。注意，一個
　　　選項只能用一次。

Directions: In Part Four, you are required to read a short passage. The passage
has five blanks. Six possible options for the blanks are provided. Please choose
one option for each blank that best fits the meaning of the sentence as a whole.
Note: Each option can only be used once.

例題如下 Example：

你會看到一段短文和六個選項：
You will see one short passage and six options.

　　我姐姐＿＿＿(1)＿＿＿。因為我們＿＿＿(2)＿＿＿，所以常常一起出國玩。去
年夏天，我們去了法國八天，那裏的天氣＿＿＿(3)＿＿＿，非常舒服。旅行的
時候，我們看到很多＿＿＿(4)＿＿＿，也照了很多照片，＿＿＿(5)＿＿＿

(A)	玩得很高興
(B)	比我大三歲
(C)	漂亮的風景
(D)	不冷也不熱
(E)	雖然常常下雪
(F)	都很喜歡旅行

第一題答案是 (B)，請把答案卡上第一題 (B) 下面的空格塗黑塗滿。

The correct answer to Question 1 is (B). Please fill in the corresponding rectangle
on your answer sheet.

1. ☐A ■B ☐C ☐D ☐E ☐F

（第二回　第四部分　41～50題）

　　我跟女朋友＿＿＿＿(41)＿＿＿＿，我們想在結婚以前買一個房子。我女朋友希望房子＿＿＿＿(42)＿＿＿＿，上班比較方便。我覺得房子＿＿＿＿(43)＿＿＿＿更好，可以常常去運動。可是城市裡的房子＿＿＿＿(44)＿＿＿＿，所以還沒找到我們＿＿＿＿(45)＿＿＿＿。

(A) 太貴了

(B) 很方便

(C) 附近有公園

(D) 喜歡的房子

(E) 打算明年結婚

(F) 離公司近一點

　　上個周末，我＿＿＿＿(46)＿＿＿＿去一家很有名的餐廳吃飯。雖然＿＿＿＿(47)＿＿＿＿，可是我們只等了五分鐘，服務生＿＿＿＿(48)＿＿＿＿。那家餐廳的菜不但味道很好，服務生也＿＿＿＿(49)＿＿＿＿。我們＿＿＿＿(50)＿＿＿＿，三個人都很滿意。

(A) 很忙

(B) 就來了

(C) 客人很多

(D) 很有禮貌

(E) 吃得很開心

(F) 跟兩個同事

184

華語文閱讀測驗
Test of Chinese as a Foreign Language
入門基礎級模擬練習題（第三回）
Band A

作答注意事項 Directions:

一、這個題本一共有 50 題，考試時間為 60 分鐘。

You have 60 minutes to work on this test. There are a total of 50 test items.

二、所有的答案必須寫在答案卡上，寫在題本上的答案將不算成績。

You must indicate your answers ON THE ANSWER SHEET. Answers written on the question booklet will not be graded.

三、請選出一個正確答案，而且只有一個正確答案。

Please select only ONE answer from the possible answers.

四、考試開始以後，不可以離開考試的教室。如果有問題的話，請舉手，監試人員會過去幫助你。

Once the test begins, you may not leave the test room. If you have any questions, please raise your hand. The test proctor will help you.

五、考試結束，請將題本和答案卡放在桌上。等監試人員收卷、清點完以後，才可以離開。

When the test is over, please put your question booklet and answer sheet on the desk. You may not leave your seat until papers have been collected and you have been asked to leave.

第一部分
Part One

（第 1～10 題）

說明：在這個部分，你會看到一個句子和 (A)(B)(C) 三張圖片。請根據句子的意思。從三張圖片中選出與句子意思相符的圖片。

Directions: For each test item, you will see one sentence and three pictures (A), (B), and (C). Please choose the picture that best describes sentence.

例題如下 Example：

你會看到一句話和三張圖片：
You will see one sentence and three pictures.

1. 他是一個老師。

  (A)   (B)   (C)

這一題答案是 (B)，請把答案卡上第一題 (B) 下面的空格塗黑塗滿。

The correct answer to this test item is (B). Please fill in the corresponding rectangle on your answer sheet.

1.   A   B   C
    ⬜ ⬛ ⬜

（第三回　第一部分　1～10題）

1. 客廳很乾淨。

(A)

(B)

(C)
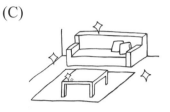

2. 他的眼睛不太舒服。

(A)
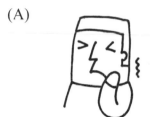

(B)

(C)
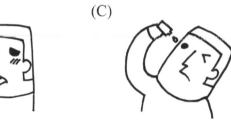

3. 禮物不在桌上，也不在樹下。

(A)

(B)

(C)
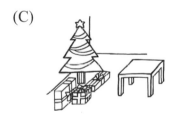

4. 火車快要來了。

(A)
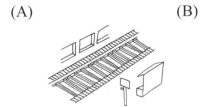

(B)
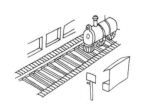

(C)
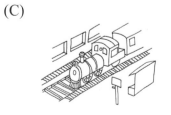

5. 窗戶被人打破了。

(A) 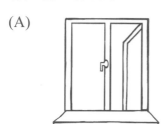 (B) 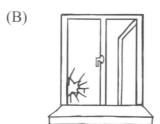 (C)

6. 這裡有兩種水果。

(A)  (B)  (C)

7. 上次放假，我跟一個朋友一起去旅行。

(A)  (B)  (C)

8. 剛剛是弟弟打的電話，他說他八點以後才會回來。

(A)  (B)  (C)

9. 我會開車，可是我喜歡騎車去買東西。

(A)　　　　　　　　(B)　　　　　　　　(C)

10. 郵局在銀行和電影院的中間。

(A)　　　　　　　　　　　　(B)

(C)

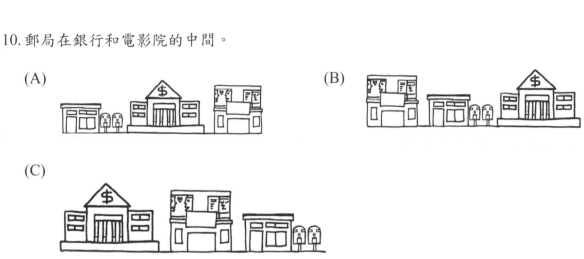

第二部分
Part Two

（第 11～30 題）

說明：在這個部分，你會看到一張圖片。請根據圖片，從 (A)(B)(C)三個選
項中選出與圖片內容相符的句子。

Directions: For each test item, you will see a picture. Please choose one sentence
(A), (B), or (C) that best describes the picture.

例題如下 Example：

你會看到一張圖片和三個句子：

You will see one picture and three sentences.

2. (A) 他在休息。
   (B) 他正看著書。
   (C) 他正在寫作業。

這一題答案是 (A)，請把答案卡上第一題 (A) 下面的空格塗黑塗滿。

The correct answer is (A). Please fill in the corresponding rectangle on your
answer sheet.

2.　A　B　C

（第三回　第二部分　11～30題）

11.

(A) 他們在踢足球。

(B) 他們在打籃球。

(C) 他們在打棒球。

12.

(A) 她去美國旅行。

(B) 她去美國開會。

(C) 她去美國表演。

13.

(A) 穿長褲的男孩最矮。

(B) 穿短褲的女孩最高。

(C) 他們三個人一樣高。

14.

(A) 這些車都沒開燈。

(B) 這些車的燈都開著。

(C) 這些車的燈不都關著。

15.

(A) 他們都聽著音樂休息。

(B) 他們一邊看書，一邊聽音樂。

(C) 他們有的看書，有的聽音樂。

16.

(A) 他們很傷心。

(B) 他們很緊張。

(C) 他們很高興。

17.

(A) 他們在藥房。

(B) 他們在超市。

(C) 他們在書店。

18.

(A) 他們應該坐24號公車。

(B) 他們應該坐108號公車。

(C) 他們應該坐211號公車。

19.

(A) 她開車去上班。
(B) 她坐車去上班。
(C) 她走路去上班。

20.

(A) 他只喝了牛奶。
(B) 他吃了麵包，沒喝牛奶。
(C) 他喝了牛奶，也吃了麵包。

21.

(A) 臥室在廚房旁邊。
(B) 洗手間在客廳上面。
(C) 客廳跟臥室都在樓下。

22.

(A) 他把行李拿下樓去。
(B) 他把行李拿上樓去。
(C) 他把行李放在樓梯上。

23.

(A) 林小姐在銀行。

(B) 林小姐只買了飲料。

(C) 林小姐用信用卡付錢。

24.

(A) 三天吃一次藥。

(B) 兩天吃三次藥。

(C) 先吃飯再吃藥。

25.

(A) 有一些人在公園運動。

(B) 公園裡的人都在聊天。

(C) 只有一個人沒戴眼鏡。

26.

(A) 鑰匙在護照上面。

(B) 護照在錢包下面。

(C) 鑰匙在護照旁邊。

27.

(A) 他們已經上車了。

(B) 他們現在正在上課。

(C) 男孩走在女孩的後面。

28.

(A) 他們只賣手機。

(B) 他們也賣電腦。

(C) 這位先生買了電視。

29.

台安旅遊

春天到了，一起去日本看櫻花吧

五天四夜，一個人只要25000元

兩個人參加，第二個人便宜1000元

三個人參加，每個人便宜1500元

(A) 付25000元可以去日本玩五天。

(B) 兩個人去的話，一共便宜兩千元。

(C) 三個人一起去，一個人只要付24000元。

30.

08:45

台北—台中

時刻表　08:00

08:40

09:20

(A) 這位小姐得等四十分鐘。

(B) 車子五分鐘以前開走了。

(C) 一小時有三班車到台中。

第三部分
Part Three

（第 31～40 題）

說明：在這個部分，每個題組會有一張情境圖片，圖片下面有五個句子，請
根據圖片情境，選出最合適的答案。

Directions: In each section, there are one picture and five sentences. Please choose one sentence that best describes the picture.

例題如下 Example：

你會看到一張圖片和五個句子：
You will see one picture and sentences.

1. 今天是小男孩＿＿＿＿＿＿的生日。
   (A)六歲　　(B)六年　　(C)六個
2. 家人一起＿＿＿＿＿＿小男孩的生日。
   (A)介紹　　(B)歡迎　　(C)慶祝
3. 他今天非常＿＿＿＿＿＿。
   (A)喜歡　　(B)高興　　(C)有趣
4. 大家都＿＿＿＿＿＿他禮物。
   (A)給　　(B)寄　　(C)拿
5. 他＿＿＿＿＿＿想做警察。
   (A)現在　　(B)以前　　(C)以後

第一題答案是 (A)，請把答案卡上第一題 (A) 下面的空格塗黑塗滿。
The correct answer is (A). Please fill in the corresponding rectangle on your answer sheet.

1.

（第三回　第三部分　31～40題）

31. 這_____街兩邊都有很多家店。
    (A) 條
    (B) 種
    (C) 間

32. 路上有_____車子。
    (A) 多少
    (B) 幾輛
    (C) 比較多

33. 郵局_____銀行不遠。
    (A) 在
    (B) 往
    (C) 離

34. 餐廳門口應該不_____停車。
    (A) 可能
    (B) 可以
    (C) 很久

35. 這個人是_____。
    (A) 警察
    (B) 司機
    (C) 老闆

36. 李小姐在_____裡坐著。

    (A) 床

    (B) 椅子

    (C) 房間

37. 李小姐的孩子_____出生了。

    (A) 已經

    (B) 馬上

    (C) 可以

38. 朋友_____水果去看李小姐。

    (A) 用

    (B) 帶

    (C) 裝

39. 李小姐的頭髮比朋友的_____。

    (A) 一點短

    (B) 比較短

    (C) 短一點

40. 朋友去看李小姐的_____是八月六號。

    (A) 今天

    (B) 現在

    (C) 那天

第四部分
Part Four

（第 41～50 題）

說明：在這個部分，你會看到一段短文，短文中有五個空格，短文下方有六
　　　個選項。請根據短文的上下文，選出最合該空格的答案。注意，一個
　　　選項只能用一次。

Directions: In Part Four, you are required to read a short passage. The passage has five blanks. Six possible options for the blanks are provided. Please choose one option for each blank that best fits the meaning of the sentence as a whole. **Note: Each option can only be used once.**

例題如下 Example：

你會看到一段短文和六個選項：
You will see one short passage and six options.

　　我姐姐＿＿＿＿(1)＿＿＿＿。因為我們＿＿＿＿(2)＿＿＿＿，所以常常一起出國玩。去年夏天，我們去了法國八天，那裏的天氣＿＿＿＿(3)＿＿＿＿，非常舒服。旅行的時候，我們看到很多＿＿＿＿(4)＿＿＿＿，也照了很多照片，＿＿＿＿(5)＿＿＿＿

(A)	玩得很高興
(B)	比我大三歲
(C)	漂亮的風景
(D)	不冷也不熱
(E)	雖然常常下雪
(F)	都很喜歡旅行

第一題答案是 (B)，請把答案卡上第一題 (B) 下面的空格塗黑塗滿。

The correct answer to Question 1 is (B). Please fill in the corresponding rectangle on your answer sheet.

1.　A　B　C　D　E　F

（第三回　第四部分　41～50題）

　　昨天我跟幾個朋友＿＿＿(41)＿＿＿，回家以後覺得＿＿＿(42)＿＿＿，就去醫院掛號。醫生說＿＿＿(43)＿＿＿一會兒熱，一會兒冷，很多人生病。我就是因為＿＿＿(44)＿＿＿，所以感冒了。他叫我吃了藥早一點睡覺，多休息、多喝水，應該＿＿＿(45)＿＿＿。

(A) 不太舒服

(B) 不注意身體

(C) 去海邊游泳

(D) 很容易生病

(E) 最近的天氣

(F) 很快就會好了

　　考試快到了，很多學生喜歡＿＿＿(46)＿＿＿看書。大家都知道在圖書館裡應該＿＿＿(47)＿＿＿，如果說話＿＿＿(48)＿＿＿的話，會吵到別人。圖書館裡看書、寫功課的人當然＿＿＿(49)＿＿＿，可是有的人是去圖書館睡覺的，因為那裡＿＿＿(50)＿＿＿。

(A) 不少

(B) 聲音太大

(C) 準備考試

(D) 要安靜一點

(E) 到圖書館去

(F) 又安靜又涼快

Answer Keys 模擬練習題解答

第一回　答案

第一部分　單句理解 Part 1 Sentence comprehension	1	C	2	B	3	C	4	A	5	A
	6	B	7	A	8	B	9	C	10	B
第二部分　看圖釋義 Part 2 Picture description	11	A	12	B	13	B	14	C	15	A
	16	C	17	A	18	C	19	B	20	C
	21	A	22	B	23	C	24	C	25	A
	26	B	27	A	28	C	29	C	30	B
第三部分　選詞填空 Part 3 Gap filling	31	C	32	A	33	A	34	B	35	B
	36	B	37	C	38	A	39	A	40	C
第四部分　完成段落 Part 4 Paragraph completion	41	E	42	A	43	F	44	B	45	D
	46	D	47	F	48	B	49	A	50	C

第二回　答案

第一部分　單句理解 Part 1 Sentence comprehension	1	C	2	A	3	C	4	A	5	C
	6	A	7	B	8	B	9	B	10	B

第二部分　看圖釋義 Part 2 Picture description	11	A	12	C	13	B	14	B	15	C
	16	A	17	C	18	B	19	C	20	A
	21	C	22	A	23	B	24	B	25	C
	26	B	27	A	28	B	29	B	30	C
第三部分　選詞填空 Part 3 Gap filling	31	B	32	A	33	C	34	C	35	A
	36	B	37	C	38	A	39	B	40	C
第四部分　完成段落 Part 4 Paragraph completion	41	E	42	F	43	C	44	A	45	D
	46	F	47	C	48	B	49	D	50	E

第三回　答案

第一部分　單句理解 Part 1 Sentence comprehension	1	C	2	C	3	A	4	B	5	B
	6	A	7	B	8	A	9	C	10	B
第二部分　看圖釋義 Part 2 Picture description	11	C	12	A	13	A	14	B	15	C
	16	C	17	B	18	A	19	B	20	C
	21	B	22	A	23	C	24	C	25	A
	26	A	27	C	28	B	29	A	30	B
第三部分　選詞填空 Part 3 Gap filling	31	A	32	B	33	C	34	B	35	A
	36	C	37	A	38	B	39	C	40	C
第四部分　完成段落 Part 4 Paragraph completion	41	C	42	A	43	E	44	B	45	F
	46	E	47	D	48	B	49	A	50	F

詞彙	拼音	詞彙	拼音	詞彙	拼音	詞彙	拼音
啊	ā	必須	bìxū	廚房	chúfáng	電視(機)	diànshì(jī)
愛	ài	畢業	bìyè	出口	chūkǒu	電梯	diàntī
矮	ǎi	博物館	bówùguǎn	出來	chūlái	點心	diǎnxīn
安靜	ānjìng	脖子	bózi	春	chūn	電影	diànyǐng
安全	ānquán	不	bù	春天	chūntiān	電影院	diànyǐngyuàn
吧	ba	不錯	búcuò	出去	chūqù	點鐘	diǎnzhōng
把	bǎ	不但	búdàn	出生	chūshēng	掉	diào
八	bā	不好意思	bùhǎoyìsi	出現	chūxiàn	弟弟	dìdi
爸爸	bàba	不久	bùjiǔ	次	cì	地方	dìfāng
百	bǎi	不客氣	búkèqì	從	cóng	地球	dìqiú
白色	báisè	不同	bùtóng	聰明	cōngmíng	地鐵	dìtiě
半	bàn	不用	búyòng	從前	cóngqián	地圖	dìtú
班	bān	才	cái	錯	cuò	丟	diū
搬	bān	菜	cài	大	dà	地址	dìzhǐ
辦法	bànfǎ	菜單	càidān	打	dǎ	東	dōng
幫	bāng	餐	cān	搭	dā	動	dòng
幫忙	bāngmáng	參觀	cānguān	打電話	dǎdiànhuà	懂	dǒng
辦公室	bàngōngshì	參加	cānjiā	帶	dài	冬	dōng
棒球	bàngqiú	餐廳/飯館	cāntīng/fànguǎn	戴	dài	東邊	dōngbiān
飽	bǎo	草	cǎo	袋子	dàizi	東部	dōngbù
包	bāo	操場	cāochǎng	大家	dàjiā	冬天	dōngtiān
報告	bàogào	茶	chá	打開	dǎkāi	動物	dòngwù
保險	bǎoxiǎn	差	chà	大樓	dàlóu	動物園	dòngwùyuán
報紙	bàozhǐ	叉(子)	chā(zi)	蛋	dàn	東西	dōngxi
包子	bāozi	差不多	chàbùduō	當	dāng	都	dōu
北	běi	長	cháng	蛋糕	dàngāo	讀	dú
背	bèi	嚐	cháng	當然	dāngrán	度	dù
被	bèi	唱	chàng	但是	dànshì	短	duǎn
杯	bēi	常常	chángcháng	擔心	dānxīn	對	duì
北邊	běibiān	唱歌(兒)	chànggē(r)	到	dào	對不起	duìbuqǐ
北部	běibù	吵	chǎo	刀(子)	dāo(zi)	對面	duìmiàn
杯子	bēizi	超級市場	chāojíshìchǎng	大人	dàrén	多	duō
本	běn	超市	chāoshì	打掃	dǎsǎo	多少	duōshǎo
本來	běnlái	車(子)	chē(zi)	大聲	dàshēng	讀書	dúshū
比	bǐ	成功	chénggōng	打算	dǎsuàn	肚子	dùzi
筆	bǐ	成績	chéngjī	大學	dàxué	餓	è
鼻(子)	bí(zi)	城市	chéngshì	大學生	dàxuéshēng	二	èr
遍	biàn	襯衫	chènshān	大衣	dàyī	耳朵	ěrduo
變	biàn	車站	chēzhàn	得	de	而且	érqiě
邊(兒)	biān(r)	尺	chǐ	的	de	兒子	érzǐ
表演	biǎoyǎn	吃	chī	等	děng	飯	fàn
別	bié	吃飽	chībǎo	燈	dēng	飯店	fàndiàn
別人	biérén	遲到	chídào	地	dì	放	fàng
比較	bǐjiào	出	chū	第	dì	方便	fāngbiàn
病	bìng	穿	chuān	點	diǎn	方法	fāngfǎ
餅乾	bǐnggān	船(兒)	chuán(r)	店	diàn	放假	fàngjià
冰淇淋	bīngqílín	床	chuáng	電子郵件	diànzǐyóujiàn	房間	fángjiān
病人	bìngrén	窗/窗戶	chuānghù	點菜	diǎncài	方向	fāngxiàng
冰箱	bīngxiāng	傳真	chuánzhēn	電話	diànhuà	房子	fángzi
比賽	bǐsài	出發	chūfā	電腦	diànnǎo	房租	fángzū

詞彙	拼音	詞彙	拼音	詞彙	拼音	詞彙	拼音
發燒	fāshāo	管理	guǎnlǐ	回	huí	結束	jiéshù
發生	fāshēng	關係	guānxì	會	huì	計劃	jìhuà
發現	fāxiàn	關心	guānxīn	回答	huídá	計畫	jìhuà
非常	fēicháng	貴	guì	恢復	huīfù	機會	jīhuì
飛機	fēijī	顧客	gùkè	回去	huíqù	近	jìn
飛機場	fēijīchǎng	國	guó	或	huò	進	jìn
機場	jīchǎng	過	guò	火	huǒ	進步	jìnbù
分	fēn	國家	guójiā	火車	huǒchē	警察	jǐngchá
風	fēng	過年	guònián	活動	huódòng	經常	jīngcháng
風景	fēngjǐng	過去	guòqù	或是	huòshì	經過	jīngguò
分鐘	fēnzhōng	果汁	guǒzhī	護士	hùshì	經理	jīnglǐ
付	fù	故事	gùshì	護照	hùzhào	經驗	jīngyàn
服務員	fúwùyuán	還	hái	記	jì	進來	jìnlái
服務生	fúwùshēng	海	hǎi	寄	jì	今年	jīnnián
附近	fùjìn	海邊	hǎibiān	幾	jǐ	進去	jìnqù
父母	fùmǔ	還是	háishì	雞	jī	今天	jīntiān
父親	fùqīn	害羞	hàixiū	家	jiā	緊張	jǐnzhāng
服務	fúwù	孩子	háizi	價格	jiàgé	吉他	jítā
乾	gān	漢堡	hànbǎo	家具	jiājù	就	jiù
剛才	gāngcái	寒假	hánjià	件	jiàn	舊	jiù
剛剛	gānggāng	漢語	hànyǔ	剪	jiǎn	九	jiǔ
鋼琴	gāngqín	漢字	hànzì	間	jiān	久	jiǔ
乾淨	gānjìng	號	hào	檢查	jiǎnchá	酒	jiǔ
感覺	gǎnjué	好	hǎo	簡單	jiǎndān	救護車	jiùhùchē
感冒	gǎnmào	好吃	hǎochī	講	jiǎng	救命	jiùmìng
感謝	gǎnxiè	好看	hǎokàn	講話	jiǎnghuà	記者	jìzhě
高	gāo	號碼	hàomǎ	健康	jiànkāng	覺得	juéde
告訴	gàosù	好像	hǎoxiàng	見面	jiànmiàn	決定	juédìng
高興	gāoxìng	和	hé	叫	jiào	句子	jùzi
歌	gē	河	hé	教	jiào	咖啡	kāfēi
各	gè	喝	hē	腳	jiǎo	開	kāi
個	gè	黑板	hēibǎn	交	jiāo	開車	kāichē
哥哥	gēge	黑色	hēisè	教室	jiàoshì	開會	kāihuì
給	gěi	很	hěn	教師	jiàoshī	開始	kāishǐ
跟	gēn	盒子	hézi	教書	jiāoshū	開水	kāishuǐ
更	gèng	紅茶	hóngchá	腳踏車	jiǎotàchē	開心	kāixīn
工廠	gōngchǎng	紅綠燈	hónglǜdēng	自行車	zìxíngchē	開學	kāixué
公共汽車	gōnggòngqìchē	紅色	hóngsè	教堂	jiàotáng	看	kàn
公車	gōngchē	後(面)	hòu(miàn)	交通	jiāotōng	看病	kànbìng
公斤	gōngjīn	後來	hòulái	餃子	jiǎozi	看見	kànjiàn
功課	gōngkè	後天	hòutiān	價錢	jiàqián	烤	kǎo
公里	gōnglǐ	湖	hú	家人	jiārén	考試	kǎoshì
工人	gōngrén	虎	hǔ	家庭	jiātíng	卡片	kǎpiàn
公司	gōngsī	畫	huà	計程車	jìchéngchē	課	kè
公寓	gōngyù	畫(兒)	huà(r)	記得	jìdé	渴	kě
公園	gōngyuán	花(兒)	huā(r)	借	jiè	可愛	kěài
工作	gōngzuò	壞	huài	接	jiē	課本	kèběn
夠	gòu	換	huàn	街	jiē	可憐	kělián
狗	gǒu	黃色	huángsè	結婚	jiéhūn	可能	kěnéng
掛	guà	環境	huánjìng	姊姊/姐姐	jiějie	可怕	kěpà
掛號	guàhào	歡迎	huānyíng	節目	jiémù	客氣	kèqì
關	guān	華語/華文	huáyǔ/huáwén	介紹	jièshào	客人	kèrén
光	guāng	花園	huāyuán	解釋	jiěshì	可是	kěshì

詞彙	拼音	詞彙	拼音	詞彙	拼音	詞彙	拼音
咳嗽	késòu	路口	lùkǒu	南部	nánbù	前(面)	qián(miàn)
客廳	kètīng	綠色	lǜsè	難過	nánguò	錢包	qiánbāo
科學	kēxué	旅行	lǚxíng	男人	nánrén	鉛筆	qiānbǐ
可以	kěyǐ	旅遊	lǚyóu	男生	nánshēng	牆	qiáng
空氣	kōngqì	嗎	ma	那些	nàxiē	前天	qiántiān
口	kǒu	馬	mǎ	呢	ne	橋	qiáo
苦	kǔ	麻煩	máfán	內衣	nèiyī	巧克力	qiǎokèlì
哭	kū	賣	mài	能	néng	汽車	qìchē
快	kuài	買	mǎi	你/妳	nǐ	起床	qǐchuáng
塊	kuài	馬路	mǎlù	年	nián	起飛	qǐfēi
快樂	kuàilè	媽媽	māma	念/唸	niàn	奇怪	qíguài
筷子	kuàizi	慢	màn	年級	niánjí	起來	qǐlái
褲子	kùzi	滿	mǎn	年紀	niánjì	請	qǐng
辣	là	忙	máng	年輕	niánqīng	輕	qīng
拉	lā	滿意	mǎnyì	鳥	niǎo	青菜	qīngcài
來	lái	毛	máo	你們/妳們	nǐmen	清楚	qīngchǔ
籃球	lánqiú	貓	māo	您	nín	請假	qǐngjià
藍色	lánsè	毛筆	máobǐ	牛	niú	請客	qǐngkè
老	lǎo	毛衣	máoyī	牛奶	niúnǎi	晴天	qíngtiān
老闆/老板	lǎobǎn	帽子	màozi	牛排	niúpái	請問	qǐngwèn
老人	lǎorén	馬上	mǎshàng	牛仔褲	niúzǎikù	慶祝	qìngzhù
老師	lǎoshī	沒	méi	弄	nòng	其他	qítā
了	le	每	měi	女	nǚ	秋	qiū
累	lèi	美	měi	暖和	nuǎnhuo	秋天	qiūtiān
冷	lěng	沒有	méi(yǒu)	女兒	nǚér	去	qù
冷氣(機)	lěngqì(jī)	沒關係(ㄒ丶)	méiguānxi	努力	nǔlì	全部	quánbù
離	lí	美國	měiguó	女人	nǚrén	去年	qùnián
裡	lǐ	美麗	měilì	女生	nǚshēng	裙子	qúnzi
臉	liǎn	妹妹	mèimei	爬	pá	讓	ràng
輛	liàng	美術	měishù	怕	pà	然後	ránhòu
兩	liǎng	門	mén	排隊	páiduì	熱	rè
涼快	liángkuài	門口	ménkǒu	盤	pán	人	rén
練習	liànxí	米	mǐ	胖	pàng	熱鬧	rènào
了解/瞭解	liǎojiě	麵	miàn	旁邊	pángbiān	任何	rènhé
聊天(兒)	liáotiān(r)	麵包	miànbāo	盤子	pánzi	認識	rènshi
禮拜	lǐbài	明年	míngnián	跑	pǎo	認為	rènwéi
禮拜天	lǐbàitiān	明天	míngtiān	跑步	pǎobù	認真	rènzhēn
離開	líkāi	明信片	míngxìnpiàn	朋友	péngyǒu	日	rì
禮貌	lǐmào	名字(ㄗˋ)	míngzi	片	piàn	日本	rìběn
裡面	lǐmiàn	母親	mǔqīn	便宜(一ˊ)	piányi	日期	rìqí
零	líng	拿	ná	票	piào	容易	róngyì
鄰居	línjū	那	nà	漂亮(ㄌ一ㄤˋ)	piàoliang	肉	ròu
歷史	lìshǐ	哪	nǎ	皮包	píbāo	如果	rúguǒ
六	liù	那邊	nàbiān	啤酒	píjiǔ	三	sān
留言	liúyán	奶奶	nǎinai	瓶	píng	散步	sànbù
流行	liúxíng	那裡/兒	nàlǐ/r	平常	píngcháng	三明治	sānmíngzhì
禮物	lǐwù	哪裡/兒	nǎlǐ/r	蘋果	píngguǒ	森林	sēnlín
樓	lóu	那麼	nàme	騎	qí	沙發	shāfā
樓上	lóushàng	南	nán	起	qǐ	山	shān
樓梯	lóutī	男	nán	七	qī	上	shàng
樓下	lóuxià	難	nán	錢	qián	上(面)	shàng(miàn)
路	lù	南邊	nánbiān	千	qiān	上班	shàngbān
旅館	lǚguǎn					商店	shāngdiàn

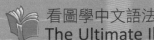
詞彙	拼音	詞彙	拼音	詞彙	拼音	詞彙	拼音
上課	shàngkè	送	sòng	碗	wǎn	消息	xiāoxí
上網	shàngwǎng	算	suàn	玩(兒)	wán(r)	小心	xiǎoxīn
上午	shàngwǔ	酸	suān	忘	wàng	小學	xiǎoxué
傷心	shāngxīn	歲	suì	往	wǎng	小學生	xiǎoxuéshēng
上學	shàngxué	雖然	suīrán	網球	wǎngqiú	校園	xiàoyuán
少	shǎo	所以	suǒyǐ	網站	wǎngzhàn	校長	xiàozhǎng
誰	shéi	所有	suǒyǒu	晚會	wǎnhuì	夏天	xiàtiān
生病	shēngbìng	宿舍	sùshè	晚上(ㄕㄤ˙)	wǎnshang	下午	xiàwǔ
生活	shēnghuó	他/她	tā	襪子	wàzi	下雪	xiàxuě
生氣	shēngqì	太	tài	位	wèi	下雨	xiàyǔ
生日	shēngrì	太太	tàitai	喂(ㄨㄟˊ)喂	wéi/wèi	西邊	xībiān
聲音	shēngyīn	台灣	táiwān	味道	wèidào	西部	xībù
什麼/甚麼	shénme	太陽	tàiyáng	為了	wèile	寫	xiě
身體	shēntǐ	他們/她們	tāmen	為什麼	wèishénme	謝謝	xièxie
市	shì	談	tán	危險	wéixiǎn	鞋子	xiézi
十	shí	糖	táng	問	wèn	西瓜	xīguā
事	shì	躺	tǎng	溫度	wēndù	習慣	xíguàn
是	shì	湯	tāng	文化	wénhuà	喜歡	xǐhuān
試	shì	湯匙	tāngchí	溫暖	wēnnuǎn	信	xìn
市場	shìchǎng	討論	tǎolùn	問題	wèntí	心	xīn
時候	shíhòu	特別	tèbié	文章	wénzhāng	新	xīn
時間	shíjiān	疼	téng	我	wǒ	信封	xìnfēng
世界	shìjiè	踢	tī	我們	wǒmen	姓	xìng
事情	shìqíng	甜	tián	臥室	wòshì	幸福	xìngfú
食物	shíwù	天	tiān	五	wǔ	行李	xínglǐ
十字路口	shízìlùkǒu	天氣	tiānqì	舞會	wǔhuì	姓名	xìngmíng
瘦	shòu	條	tiáo	無聊	wúliáo	星期	xīngqí
手	shǒu	跳	tiào	西	xī	星期天	xīngqítiān
收	shōu	跳舞	tiàowǔ	洗	xǐ	星期日	xīngqírì
手錶/錶	shǒubiǎo/biǎo	停	tíng	下	xià	興趣	xìngqù
手機	shǒujī	聽	tīng	夏	xià	星星	xīngxīng
受傷	shòushāng	停車場	tíngchēchǎng	下(面)	xià(miàn)	辛苦	xīnkǔ
手指(頭)	shǒuzhǐ(tou)	聽說	tīngshuō	下班	xiàbān	新年	xīnnián
樹	shù	體育	tǐyù	下課	xiàkè	心情	xīnqíng
書	shū	痛	tòng	鹹	xián	新聞	xīnwén
輸	shū	同事	tóngshì	先	xiān	新鮮	xīnxiān
雙	shuāng	同學	tóngxué	向	xiàng	信用卡	xìnyòngkǎ
書店	shūdiàn	同意	tóngyì	像	xiàng	洗手間	xǐshǒujiān
書法	shūfǎ	通知	tōngzhī	想	xiǎng	廁所	cèsuǒ
舒服(ㄈㄨ˙)	shūfu	頭	tóu	香	xiāng	休息	xiūxí
睡	shuì	偷	tōu	香蕉	xiāngjiāo	希望	xīwàng
水	shuǐ	頭髮	tóufǎ	鄉下	xiāngxià	洗衣機	xǐyījī
水果	shuǐguǒ	腿	tuǐ	相信	xiāngxìn	洗澡	xǐzǎo
睡覺	shuìjiào	圖片	túpiàn	先生	xiānshēng	許多	xǔduō
暑假	shǔjià	圖書館	túshūguǎn	現在	xiànzài	學	xué
說	shuō	外	wài	笑	xiào	雪	xuě
說話	shuōhuà	外國	wàiguó	小	xiǎo	學費	xuéfèi
數學	shùxué	外面	wàimiàn	小孩	xiǎohái	學期	xuéqí
書桌	shūzhuō	外套	wàitào	小姐	xiǎojiě	學生	xuéshēng
四	sì	完	wán	小時	xiǎoshí	學習	xuéxí
死	sǐ	萬	wàn	小說	xiǎoshuō	學校	xuéxiào
司機	sījī	晚	wǎn	小偷	xiǎotōu	學院	xuéyuàn

詞彙	拼音	詞彙	拼音	詞彙	拼音	詞彙	拼音
需要	xūyào	藝術	yìshù	再	zài	鐘頭	zhōngtóu
鹽	yán	意思	yìsi	在	zài	中文	zhōngwén
羊	yáng	一些	yìxiē	再見	zàijiàn	中午	zhōngwǔ
樣子	yàngzi	一樣	yíyàng	髒	zāng	中心	zhōngxīn
眼睛	yǎnjīng	醫院	yīyuàn	早	zǎo	中學	zhōngxué
眼鏡	yǎnjìng	一直	yìzhí	早上(ㄕㄤ)	zǎoshang	重要	zhòngyào
顏色	yánsè	椅子	yǐzi	雜誌	zázhì	週末	zhōumò
要	yào	用	yòng	怎麼	zěnme	周末	
藥	yào	勇敢	yǒnggǎn	怎麼辦	zěnmebàn	住	zhù
藥房	yàofáng	永遠	yǒngyuǎn	怎麼了	zěnmele	煮	zhǔ
鑰匙	yàoshi	右	yòu	怎麼樣	zěnmeyàng	豬	zhū
要是	yàoshì	油	yóu	站	zhàn	轉	zhuǎn
牙刷	yáshuā	又	yòu	張	zhāng	裝	zhuāng
夜	yè	有	yǒu	找	zhǎo	準備	zhǔnbèi
也	yě	右邊	yòubiān	照顧	zhàogù	桌(子)	zhuō(zi)
也許	yěxǔ	郵局	yóujú	著急	zhāojí	注意	zhùyì
爺爺	yéye	有空(兒)	yǒukòng(r)	照片	zhàopiàn	字	zì
一	yī	有趣	yǒuqù	照相	zhàoxiàng	字典	zìdiǎn
一般	yìbān	有時候	yǒushíhòu	照相機	zhàoxiàngjī	自己	zìjǐ
一半(兒)	yíbàn(r)	游泳	yóuyǒng	著	zhe	總是	zǒngshì
一點(兒)	yìdiǎn(r)	有用	yǒuyòng	這	zhè	走	zǒu
一定	yídìng	雨	yǔ	這邊	zhèbiān	走路	zǒu lù
衣服(ㄈㄨ˙)	yīfu	魚(兒)	yú(r)	這裡/兒	zhèlǐ/ér	租	zū
一共	yígòng	元	yuán	這麼	zhème	最	zuì
以後	yǐhòu	圓	yuán	真	zhēn	嘴巴	zuǐba
一會兒	yìhuǐr	遠	yuǎn	正在	zhèngzài	最後	zuìhòu
已經	yǐjīng	原來	yuánlái	政治	zhèngzhì	最近	zuìjin
贏	yíng	願意	yuànyì	這些	zhèxiē	左	zuǒ
應該	yīnggāi	月	yuè	只	zhǐ	坐	zuò
英文	yīngwén	約	yuē	紙	zhǐ	做	zuò
影響	yǐngxiǎng	月亮	yuèliàng	枝	zhī	左邊	zuǒbiān
銀行	yínháng	樂器	yuèqì	隻	zhī	昨天	zuótiān
飲料	yǐnliào	語法	yǔfǎ	知道	zhīdào	座位	zuòwèi
因為	yīnwèi	愉快	yúkuài	只好	zhǐhǎo	作業	zuòyè
音樂	yīnyuè	雲	yún	職業	zhíyè	足球	zúqiú
一起	yìqǐ	運動	yùndòng	重	zhòng		
以前	yǐqián	浴室	yùshì	種	zhǒng		
醫生	yīshēng	語言	yǔyán	中國	zhōngguó		
		雨衣	yǔyī	中間	zhōngjiān		

Linking Chinese
看圖學中文語法：基礎篇

2015年10月初版　　　　　　　　　　　　　　　　　定價：新臺幣380元
2024年3月初版第十刷
有著作權 · 翻印必究
Printed in Taiwan.

策　　　劃	國立臺灣師範大學國語教學中心
著　　者	張　黛　琪
編　　審	張　莉　萍
執 行 編 輯	張　雯　雯
叢 書 主 編	李　　　芃
英 文 翻 譯	范　大　龍
校　　對	張　雯　雯
	陳　怡　靜
插　　畫	桂　沐　設　計
封 面 設 計	桂　沐　設　計
內 文 排 版	楊　佩　菱

出　版　者	聯經出版事業股份有限公司	副 總 編 輯	陳　逸　華
地　　　址	新北市汐止區大同路一段369號1樓	總 編 輯	涂　豐　恩
叢書主編電話	(02)86925588轉5305	總 經 理	陳　芝　宇
台北聯經書房	台北市新生南路三段94號	社　長	羅　國　俊
電　　　話	(02)23620308	發 行 人	林　載　爵
郵 政 劃 撥 帳 戶	第0100559-3號		
郵 撥 電 話	(02)23620308		
印　刷　者	文聯彩色製版印刷有限公司		
總 經 銷	聯合發行股份有限公司		
發 行 所	新北市新店區寶橋路235巷6弄6號		
電　　　話	(02)29178022		

行政院新聞局出版事業登記證局版臺業字第0130號

著作財產權人 國立臺灣師範大學
地址：臺北市和平東路一段162號
電話：886-2-7734-5130
網址：http://mtc.ntnu.ed.tw/
E-mail：mtcbook613@gmail.com

國家圖書館出版品預行編目資料

看圖學中文語法：基礎篇 /張黛琪著 . 初版 . 新北市 .
聯經 . 2015.10 . 208面 . 19×26公分 . (Linking Chinese)
ISBN　978-957-08-4621-8（平裝）
[2024年3月初版第十刷]

1.漢語語法

802.6　　　　　　　　　　　　　　　　　　104017758